투신전기 7권

초판1쇄 펴냄 | 2020년 12월 14일

지은이 | 새벽검
발행인 | 성열관

펴낸곳 | 어울림 출판사
출판등록 / 2009년 1월 23일 제 2015-000062호
주소 / 경기도 고양시 일산동구 무궁화로 43-55, 801호 (장항동, 성우사카르타워)
TEL / 031-919-0122
FAX / 031-919-0127
E-mail / 5ullim@hanmail.net

ⓒ2020 새벽검
값 8,000원

ISBN 978-89-992-7017-8 (04810)
ISBN 978-89-992-6693-5 (SET)

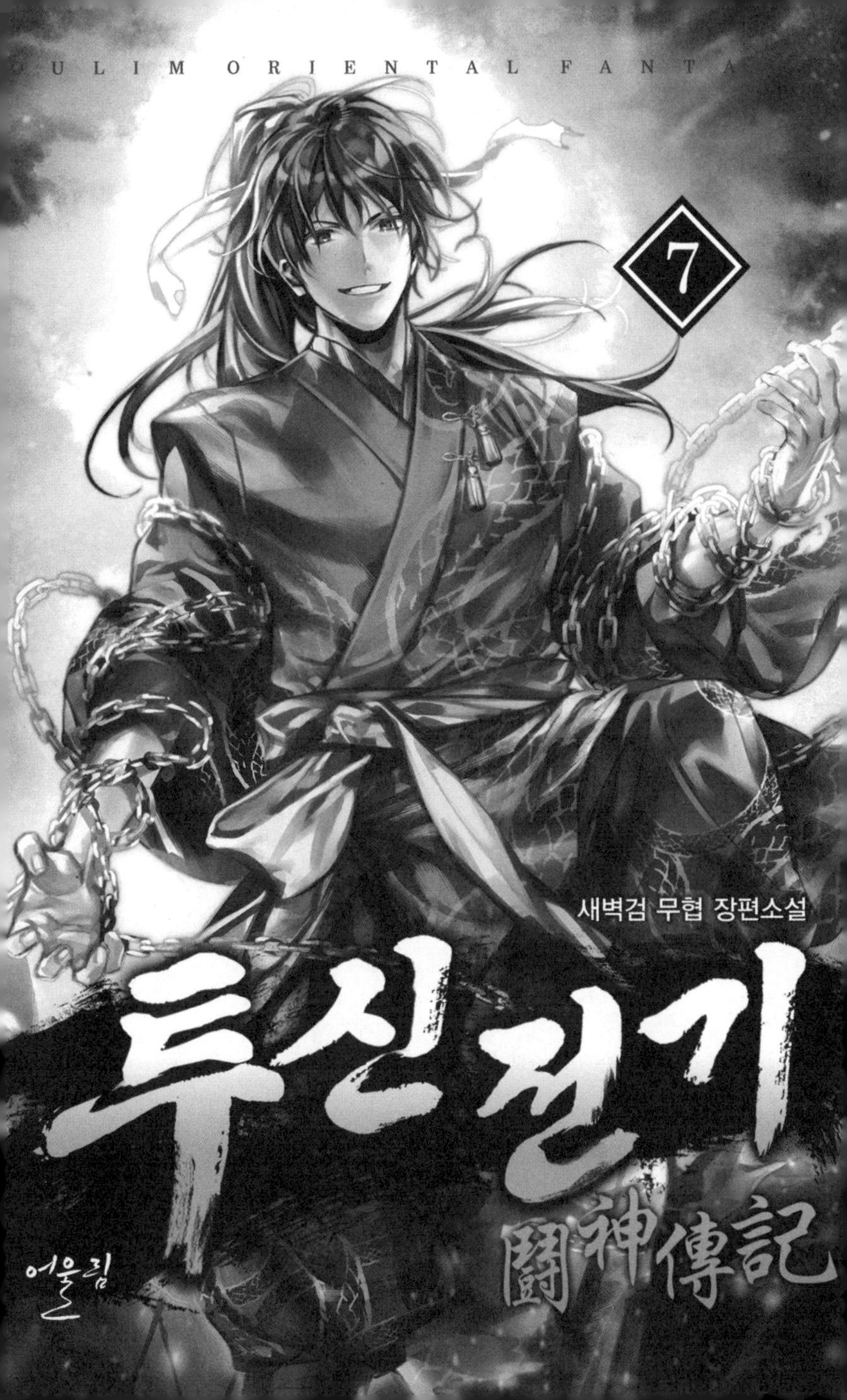
OULIM ORIENTAL FANTA
7
새벽검 무협 장편소설
투신전기
鬪神傳記
어울림

목차

범의 아귀

"어리석은 정파 놈들이 세를 꾸리고 있다지?"

"봉문을 하여 꼬리를 말고 숨은 놈들이 마교주의 도발에 못 이겨 봉문을 해문 했다더군."

"하하하! 우리야 차라리 잘됐지. 이제야 그 꼴 뵈기 싫은 놈들을 끝장낼 수 있으니!"

봉문을 선언했던 정파의 중소문파들이 미쳐버린 마교주에 의해 어쩔 수 없이 봉문을 끝내고 문을 열었다.

허나 그들은 어리석지 않았다.

자신들이 가진 힘의 한계를 인지하곤 저들끼리 모여 세를 꾸리기 시작한 것이다.

처음엔 대여섯 곳에 불과하던 중소문파들이 이제는 열한 곳이 모였다.

이름 하여 십일문연합(十一門聯合).

열한 곳의 중소문파들은 정사대전에 패해 어딘가로 숨어 버린 무림맹을 대신하여 자신들을 지키기 위한 울타리를 지었고, 자신들을 십일문연합이라 칭했다.

비록 중소문파라고는 하지만, 열한 개의 문파가 모인 이상 그 규모는 상당했다.

그리고 십일문연합을 이룬 열한 개의 문파들은 기세가 잔뜩 올라 도리어 사악교를 도발하기에 이르렀다.

"평소엔 우리 문파의 그림자도 밟지 못하던 거렁뱅이들이 꼴에 사파라고 날뛰는 것을 보게."

"분수도 모르는 것들… 사악교가 비열한 수를 이용해 정사대전을 벌이지 않았다면, 그놈들은 똥구정물이나 마시며 근근이 살아갔을 거야."

"하하! 구정물이라도 마시면 다행이게! 오물이나 퍼 마시고 있었겠지."

"이왕이면 좋은 것 먹고 잘 싸줘야겠구만!"

"하하하하!"

십일문 연합을 이룬 중소문파들은 기세등등했다.

그동안 문파 바깥으로는 나돌지 못하던 문파의 무인들이 문을 열고 뛰쳐나와 도시와 시장 등을 거닐었다.

물론 사악교와 그 아래에 위치한 사파 무림을 욕하는 것은 덤.

몇몇 정파 무인들은 거드름을 피우며 돌아다니는 사파무리를 습격하여 두들겨 패기도 했다.

"이대로 저들을 가만히 놔둘 생각이십니까!?"

사태가 이 정도까지 번지자 사악교에 속한 사파 무림들의 수장들이 한데 모였다.

상대가 중소문파의 연합체라고는 하나 열한 곳의 문파들이 힘을 합쳤으니 그 규모가 결코 무시할 수 없을 정도였다.

하릴없이 한자리에 모여든 사파 무림의 수장들을 서로를 응시하며 저마다 의견을 제시했다.

"쓸어버립시다. 어차피 우리의 뒤에는 사악교가 있지 않습니까?"

중원의 패자 사악교. 사파 무림의 문파들이 겨우 중소문파의 연합체 따위를 두려워할 이유가 없었다.

"맞소. 건방진 자식들… 어차피 봉문을 해문 한 녀석들이니 교주님도 이해해주실 거요."

사악교주 구황경은 봉문을 한 문파들을 건드리는 것을 금지했다. 봉문을 한 문파들의 선택을 존중하라는 의미였다.

사파 무림은 구황경의 선택을 이해할 수 없었으나, 교주인 그의 명령은 절대적이었다.

그러나 저들이 마교주에 의해 스스로 봉문을 깼으니, 사파 무림은 더 이상 망설일 이유가 없었다.

"안 그래도 눈엣가시였던 놈들… 잘됐소. 이참에 전부 쓸어버립시다."

"좋소!"

십일문연합에 맞서 사파 무림의 수장들이 손을 맞잡기로 했다.

그 수가 상당했으니, 십일문 연합에 대항하기 위해 모여든 사파 문파의 수는 이십여 개에 달했다.

그들이 모여든 이유는 간단했다.

하나는 건방진 정파 무림에게 본때를 보여주기 위함이었고, 또 하나는 각각의 중소문파들이 보유하고 있는 토지와 재물을 탐하기 위함이었다.

'이건 기회다!'

이십여 개의 문파. 그들의 수장들은 한 자리에 모인 약 사백여 명의 무인들을 응시했다.

고르고 고른 정예무인들.

그리고 그들의 바깥에는 여기저기서 대충 구해온 낭인과 삼류 무인, 파락호 따위가 대기 중이었다.

그들의 역할은 십일문연합의 무인들의 힘을 빼놓고 칼을

대신 맞아줄 방패였다.

흑도이십세(黑道二十勢)는 십일문연합에 맞설 준비를 끝냈다.

흑도이십세의 진격에 맞춰 사악교의 교주인 구황경의 귀에도 현재 봉문을 선언한 정파 문파에게 벌어지는 일들이 전해졌다.

"마교의 교주가 미처 봉문을 한 정파의 문파들을 공격했다고?"

"전해지는 바로는 그렇습니다."

구황경은 자신에게 전해진 소식을 듣고는 말없이 백은섭을 바라봤다.

백은섭은 백귀와 함께 한쪽 무릎을 꿇은 채로 구황경의 명령을 기다리고 있었다.

명령을 하달하려 입을 열진 않았다.

구황경은 그저 백은섭을 바라봤고, 백은섭은 구황경의 시선을 느끼며 고개를 끄덕였다.

"알아보고 오겠습니다."

"그리고."

딱딱한 구황경의 물음에 백은섭이 다시 한번 고개를 숙이며 답했다.

"마교주의 목을 취하겠습니다."

＊　＊　＊

"이곳인가?"

흑도이십세의 총 지휘관이 된 묵도방의 방주 무룡객은 자신의 커다란 도를 어깨에 걸친 채 십일문연합이라는 명패를 내걸고 있는 커다란 장원을 노려보았다.

급조한 듯 보잘 것 없는 장원.

벽은 급하게 만든 듯 마감조차 제대로 되어 있지 않았고, 문은 강풍이라도 불면 날아갈 듯 얇고 엉성했다.

"이따위… 조잡스러운… 마치 자신들의 모습을 보여주는 것 같군."

무룡객은 어이가 없어 실소조차 나오질 않았다.

사악교를 욕보이며 사파 무림의 무인들을 습격하고 모욕하던 십일문연합의 실체를 보아하니 엉성하고 조잡스럽기 짝이 없었다.

오히려 이십여 개의 문파들이 모여든 자신들이 미련해 보이기까지 했으니.

무룡객은 자신의 도로 어깨를 두드리며 십일문연합의 조잡한 대문을 다가가 발길질을 했다.

꽝―!

단 한 번의 발길질로 정문을 박살낸 무룡객의 입에서 고함성이 터져 나왔다.

"이놈드으을!! 네놈들이 감히 사악교를 모욕하였느냐!"

무룡객의 고함성과 함께 흑도이십세의 무인들이 일사불란하게 움직이며 십일문연합의 장원으로 쏟아져 들어갔다.

첫 번째로 움직인 것은 어중이떠중이들을 긁어모은 낭인, 파락호, 삼류무인들이었다.

그들은 엉성하게 쥔 병장기를 꼬나 쥐고 긴장된 눈초리로 장원을 둘러보았다.

두 번째로 움직인 것은 흑도이십세의 정예 무인들. 그들이 들어서자 십일문연합의 장원이 가득 찼다.

흑도이십세의 무인들이 전부 장원에 들어서자 먼 곳에서 급조한 듯 지어진 건물의 문이 열리며 가슴에 십일(十一)이란 숫자를 새긴 백의무복의 중년인이 모습을 드러냈다.

"허허… 쓰레기들이 한데 모였구나."

중년인이 자신의 회색빛 수염을 쓸어내리며 웃자 무룡객의 얼굴에 노기가 드러났다.

"쓰레기? 마교에게 얻어맞더니 실성을 한 모양이구나. 우리가 누군지 모르는 게냐!?"

"네들이 누군지 내 알게 뭐란 말이냐. 쓰레기들은 그저 쓰레기일 뿐."

"쓰레기… 아무래도 이번 생에는 미련이 없는 모양이

구나."

무룡객이 자신의 도를 앞으로 내밀자 1열에 서 있던 무인들이 앞으로 전진하기 시작했다.

그와 동시에 조잡하게 만들어진 건물의 문을 사방에서 열어젖히며 숨죽여 있던 십일문연합의 무인들이 벼락처럼 뛰어나왔다.

그 수가 상당했으니, 무룡객이 몸을 움찔할 정도였다.

하지만 무룡객은 당황하지 않고 오히려 내심 미소를 지었다.

'어차피 저들의 반격을 예상하지 못한 것은 아니었다. 쓸모없는 잡졸들로 힘을 빼준 후, 정예 무인들로 쓸어버리면 그만이야.'

무룡객은 회심의 미소를 지으며 은근슬쩍 도를 내리깔았고, 그의 행동을 유심히 지켜보던 뒤쪽 열의 무인들이 내공을 갈무리하며 뒤로 물러섰다.

명예를 좇고자, 돈을 좇고자, 어쩌면 사악교의 이름난 마두가 될 거라 믿고자 왔지만, 어차피 이들의 운명은 고기방패 그 이상도 그 이하도 아니었다.

마치 불에 뛰어드는 불나방마냥 십일문연합의 무인들에 맞서려 첫 열의 무인들이 뛰쳐나갔다.

싸움의 양상은 뻔했다.

수십 년간 혹은 십 수 년간 무공을 연마한 무인들을 상대로 낭인과 삼류무인, 파락호 따위가 대등하게 겨룰 수 있을 리가 없었다.

그나마 낭인과 삼류무인들은 검과 도 혹은 도끼나 철퇴 따위를 휘두르며 저항했으나, 파락호들은 겁에 질려 도망치기 시작했다.

정파 무인들은 도망치는 이들은 굳이 뒤쫓지 않았다.

"하하하. 이게 사악교의 전심전력이란 말이냐. 나약하기 짝이 없구나."

전투를 지켜보던 중년인이 자신의 회색수염을 쓸어내리며 한심스럽다는 듯 눈을 흘기자 무룡객이 싸늘한 미소를 띠었다.

'네놈은 마지막으로 죽여주마. 그 같잖은 수염은 내 직접 뽑아주지.'

무룡객은 대부분의 낭인과 삼류무인들이 쓰러진 것을 확인한 후 도를 쓸어 올렸다.

"자! 지금부터가 흑도이십세의 전력이다!"

무룡객이 소리를 지르며 앞으로 뛰쳐나가자 뒤이어 뒤열에 서 있던 무인들이 지금까지와는 비교도 할 수 없는 속도로 달려가기 시작했다.

이를 지켜보던 중년인의 얼굴이 사색으로 변했고, 그는 급히 소리쳤다.

"도망, 도망쳐라!"

"후퇴한다!"

애초에 도망을 칠 작정이었는지 십일문연합의 무인들이 부리나케 도주하기 시작했다.

도주로는 정해져 있었고, 그들은 안채로 향하는 단 하나의 길목을 향해 달아났다.

"저들이 도망친다. 당장 전부 잡아들여라!"

무룡객은 의기양양한 얼굴로 도주하는 십일문연합의 무인들을 뒤쫓았다.

승리가 거의 확실시한 상황에서 무룡객의 머릿속에는 정체를 알 수 없는 불안함이 꽃피우듯 자라났다.

'이렇게 쉽게 물러서다니… 이유가 뭐지?'

이해할 수 없는 일이었다.

흑도이십세의 무인들이 십일문연합의 무인들을 압도할 만큼 많은 것은 사실이었지만, 그렇다고 싸워보지도 않고 도망치다니.

겁쟁이라 불러야 할지 아니면 현명하다고 해야 할지.

무룡객은 불안감을 가득 안은 가슴으로 십일문연합을 뒤쫓았다.

흑도이십세의 무인들이 안채로 향하는 길목으로 들어섰다.

"지금이다!"

그때 중년인의 외침과 함께 하나밖에 없는 길목이 기다

란 쇠창살로 가로막혔다.

"이게 뭐하는 짓이야?"

무룡객은 흑도이십세의 진군을 막은 쇠창살을 응시하며 눈살을 찌푸렸다.

그가 알기로는 이곳의 출입구는 하나였으니. 안채로 향하는 입구를 막는 행위는 스스로를 가두는 꼴이나 다름없었다.

"이놈들! 스스로 정파라 주장하는 놈들이 비겁하게 싸움을 피하는 것이냐!?"

무룡객의 고함성에도 십일문연합의 무인들은 쇠창살의 뒤에 숨어 무룡객을 바라보고 있었다.

그들의 눈동자 속에서는 모종의 기대심과 불안함이 공존했다.

'뭔가 이상하다.'

씨앗처럼 심어진 불안감이 시간이 흐름에 따라 줄기를 지어 자라났고, 무룡객의 뒤를 돌아보는 순간 꽃봉오리로 자라난 불안감이 꽃을 피웠다.

"많이도 모였네."

아무도 존재치 않던 십일문연합의 장원 입구에 한 사내가 모습을 드러냈다.

날갯죽지까지 내려오는 긴 머리를 뒤로 질끈 묶은 채 권태로운 얼굴로 자신들을 바라보는 사내.

그는 눈으로 흑도이십세의 무인들의 숫자를 세고 있는 듯 흑도이십세의 무인들을 좌우로 둘러보며 서 있었다.

"네놈은 누구냐."

무룡객이 경계심이 가득 담긴 목소리로 묻자 사내가 머리를 긁적였다.

"천마도에 있을 때가 생각나네."

천마도에 있을 때에는 하루가 멀다 하고 천마도를 찾아오는 사파의 무인들을 상대해야 했고, 지금도 마찬가지였다.

유일한 차이라면 이들은 광인이 아니라는 점이었다.

"너희도 사악교의 휘하에 있는 문파들이지?"

사내, 태무선의 물음에 무룡객이 도를 고쳐 쥐며 고개를 끄덕였다.

"그래! 우리 모두가 사악교의 비호를 받고 있는 문파들이다. 그러는 네 녀석은 누구냐?"

"몰라도 돼. 얼른 끝내자. 이 짓을 앞으로 여러 번 해야 하거든."

뜻 모를 얘기를 하며 소매를 걷어 올린 태무선이 발을 굴렀다.

쿵—!

태무선이 서 있던 자리가 움푹 패며 그의 신형이 눈부신 속도로 흑도이십세의 무인들을 덮쳐왔다.

꽝―!

마치 벽력탄이라도 터진 것 같은 폭음성이 들려왔다. 순식간에 다섯 명의 무인들이 바닥을 나뒹굴었다.

그 흔한 신음성이나 비명은 들리지 않았다.

바닥에 쓰러진 무인들은 자신들이 언제 어떻게 당했는지조차 모르는 듯했다.

"이런 미친!"

무룡객은 저도 모르게 뒷걸음질 치며 도를 치켜들었다.

"저놈은 혼자야! 당장 죽여 버려!"

흑도이십세의 무인들이 각자의 병장기를 꼬나 쥔 채 태무선을 향해 달려들었다.

태무선은 사방에서 몰아치는 흑도이십세의 무인들을 향해 두 주먹을 들어올렸다.

콰드득―!

"이게 무……!"

자신이 들고 있던 철검이 태무선의 손아귀에 붙잡혀 으깨지는 것을 목도한 무인의 눈이 더 이상 커질 수 없을 만큼 커졌다.

바위를 때려 부수고 바다를 가른다는 고수들의 얘기는 많이 들어봤지만, 맨손으로 무기를 박살내는 자의 얘기는 듣도 보도 못했기 때문이었다.

태무선은 주먹을 끌어당기며 빠르게 내질렀다.

그의 주먹에서 오연환격이 잇따라 펼쳐지며 태무선의 주먹이 무인들의 안면과 가슴 등에 벼락처럼 내리꽂혔다.

"퀵!"

"크악!"

비명성이 잇따라 들려오며 흑도이십세의 무인들이 추풍낙엽처럼 쓸려갔다.

태무선이 반월모양으로 오른발을 휘둘러 차면 박도와 검을 쥐고 있던 무인들의 허리가 꺾이며 쓰러졌다.

"흐읍!"

태무선은 무인들을 쓰러뜨리면서도 시선은 무룡객에게 고정했다.

'저놈이 우두머리겠지.'

자신의 계획을 완성시키기 위해 필요한 것이 딱 하나가 있었다.

그것은 바로 압도적인 힘. 경외를 불러일으키고 도전욕구를 상실시키는 압도적인 힘을 보여주는 것이었다.

'힘을 아끼지 않는다.'

태무선이 왼발로 땅을 구르며 진각을 밟자 대지가 진동하며 흑도이십세의 무인들을 뒤흔들었다.

개중에는 균형을 잃고 쓰러지거나 전의를 상실한 채 뒤로 물러서는 무인들도 더러 있었다.

태무선은 무룡객을 에워싼 채로 보호하고 있는 무인들을

향해 몸을 날렸고, 이를 지켜보던 무룡객이 급히 소리쳤다.

"마, 막아라, 당장!"

나름의 충심을 가진 무인들이 자신들의 검을 치켜든 채 검방진을 세웠다.

그러나 한 번 시작된 태무선의 진격을 막아내기란 역부족이었다.

태무선은 자신을 가로막은 검방진을 향해 몸을 날렸고, 가볍게 뛰어오른 태무선의 신형이 날카롭게 솟아난 칼날들을 향해 쏘아졌다.

무룡객을 지키려 열 명의 무인들이 세운 검방진을 부수는 데에 필요한 것은, 한 번의 걸음과 한 번의 권격.

태무선의 파천일도격(破天一道擊)이 끝을 맺는 순간, 그의 앞에는 무룡객이 홀로 서서 두 다리를 벌벌 떨고 있었다.

"대…대협은… 누구십니까."

태무선을 칭하는 말이 놈에서 대협으로 바뀌었다.

죽음을 목전 앞에 둔 무룡객의 태도는 절로 공손해졌다.

그러나 태무선은 망설이지 않았다.

퍼억—!

두 번째 권격에 무룡객의 신형이 허무히 쓰러졌고, 이를 지켜보던 흑도이십세의 무인들은 침조차 삼키지 못한 채 얼어붙었다.

그들은 감히 살려달라고 빌지 못했다. 목숨을 구걸해봤자 살아남을 수 없음을 직감한 것이다.

"으아아악!"

애초에 흑도이십세를 구성하는 대부분의 무인들은 사악교를 등에 업고 이익을 취하려 모인 사파의 무인들.

무룡객의 죽음에 대한 복수 따위는 안중에도 없는 자들이었다.

그들은 뒤도 돌아보지 않은 채 장원을 빠져나가 도주하기 시작했다. 불똥이 떨어진 쥐굴의 쥐들처럼.

사방팔방으로 도망치는 흑도이십세의 무인들을 지켜보던 십일문연합의 무인들이 길을 막고 있던 창살을 거둔 후 태무선에게로 다가왔다.

"정말로… 해내셨군요."

현 실일문연합을 임시로 맡고 있던 중년인, 공유도는 목숨을 잃은 채 쓰러져 있는 무룡객을 복잡한 눈길로 내려다보았다.

"한 번으로 의미 없어."

"하지만, 대협의 존재를 알고 있는 자들이 대협의 정체에 대해 소문을 퍼트릴 겁니다. 그러면…….."

"소문을 다른 소문을 덮어야지."

"다른 소문?"

태무선은 십일문연합의 무인들을 둘러보며 고개를 끄덕였다.

"성질을 긁어주자고."

*　*　*

"자네 그 얘기 들었나? 열한 개의 정파 문파들이 만든 십일문연합이 스무 곳의 사파 문파들이 모여 만들어진 흑도이십세를 그야말로 박살을 내버렸다더군."

"그게 사실이야? 하하하. 사파 놈들 꼴좋군!"

"두 배의 전력을 가지고도 당하다니… 사악교만 아니면 그놈들도 별거 없다니까."

십일문연합과 흑도이십세의 싸움에 대한 소문은 금세 사방으로 퍼져나갔다.

애초에 작정하고 소문을 퍼트렸기에 소문은 날개 돋친 말처럼 뻗어나가기 시작했다.

이는 봉문을 하며 숨죽여 있던 정파의 문파들이나 봉문은 하지 않았으나 사악교가 두려워 몸을 웅크린 채 존재감을 드러내지 않던 정파의 문파들을 자극했다.

"멍청한 새끼들 때문에 망할 정파 놈들이 기가 살아 설치는군!"

흑도무림의 문파들은 날카롭게 벼려진 시선으로 십일문

연합을 경계했다.

조금의 약한 모습이라도 보이면 바로 잡아먹히는 것이 바로 작금의 무림이었다.

무너진 무림맹을 집어삼킨 사악교처럼 약한 모습을 보이면 물어 뜯긴다.

"그놈들을 이대로 놔둘 순 없지!"

자신들의 이익이 아니면 좀처럼 움직이지 않는 흑도 무림이 힘을 합하기 시작했다.

무림맹과 정파의 장기집권이 끝나고 흑도무림이 세를 떨치기 시작한지 이제 겨우 삼 년밖에 되지 않았다.

달콤한 황금의 맛을 본 흑도무림은 이제와 자신들의 자리를 내어줄리 없었다.

흑도이십세가 무너졌음에도 사악교의 비호 아래에 모여든 흑도 무림의 문파들은 새로운 흑도십오세, 흑도이십사세 등등 새로운 연합을 만들어냈다.

"사파 놈들이 힘을 합쳐 봤자지. 어차피 모두 무룡객의 꼴이 날 테니까!"

"하하하! 사파 놈들이 발악하는 꼴을 보게!"

십일문연합의 무인들과 일부 정파 소속의 무인들은 발에 불이 나도록 움직이며 새롭게 생겨난 흑도연합을 비웃었다.

그들의 도발을 시발점으로 흑도연합은 십일문연합을 향

한 공격 및 습격을 강행했다.

애초에 정정당당한 싸움이란 존재하지 않았다.

그들의 습격은 밤과 낮을 가리지 않았고, 태양이 산등성이를 넘어 숨어버린 늦은 밤과 이슬이 맺히는 새벽녘에 십일문연합을 덮쳤다.

그러나 과정은 달랐어도 결과는 항상 같았다.

"또! 또 패배했구나!"

"십일문연합의 권세가 하늘을 찌르는군. 이대로 가다간 이 일대의 사파 문파들의 씨가 마르겠어!"

십일문연합의 압도적인 승리. 부상자는 있어도 죽은 이는 없었다.

오직 사파문파의 무인들만이 무모한 습격 이후 목숨을 잃을 뿐이었다.

그야말로 새로운 권세(權勢)의 등장이었다.

* * *

"이번에도 패배했다고 합니다."

"흐음."

흑도무림의 잇따른 패배소식을 접한 백은섭은 흥미로운 표정으로 술잔을 기울였다.

"압도적인 패배라고?"

"그렇습니다. 이번에도 십일문연합에서는 단 한 명의 사상자도 나오지 않았다고 합니다."

백은섭의 시선은 자신의 앞에 놓인 양피지더미를 향했다. 그 안에는 십일문연합을 구성하고 있는 문파들의 이름과 정보들이 담겨 있었다. 딱히 눈여겨볼만한 문파는 없었다. 그에 반해 흑도무림에서 나선 흑도연합의 문파들 중에서는 백은섭도 한 번쯤은 들어봤던 문파들이 드물게 존재했다.

'전력의 차이가 분명한데. 압도적으로 패배했다라……'

이해가되지 않는 일이었다.

'진법을 썼나.'

훌륭한 진법은 열 배 차이의 전력도 극복할 수 있다고 알려져 있었으니, 십일문연합이 진법을 썼을 가능성도 컸다. 그때, 닫혀 있던 문이 열리며 두 명의 흑의인이 한 사내를 질질 끌고 나타났다. 사내는 두려움에 동공이 커진채 주변을 두리번거리고 있었고, 입에는 재갈이 물려 있어 짤막한 신음성이 흘러나왔다.

"싸움에서 패배하여 도주했던 놈을 잡아왔습니다. 듣자하니 무룡객의 아래에 있었다고 합니다."

"무룡객이라면 가장 먼저 덤벼들어 죽은 놈이로군."

백은섭은 들고 있던 양피지더미를 내려놓은 후 두려움에 온몸을 벌벌 떨고 있는 사내에게로 다가갔다.

"내가 누구인지는 알고 있어?"

차가운 얼굴과는 달리 백은섭의 목소리는 다정했다.

바짝 긴장된 얼굴로 백은섭은 바라보던 사내는 고개를 힘껏 가로저었다. 그러자 백은섭이 손을 뻗어 사내의 머리를 부드럽게 쓰다듬어주었다.

"나는 사악교 소속의 비림, 아랑단의 단주 백은섭이란다."

"히, 히익!"

사내의 얼굴이 새하얗게 질려버렸다.

다정한 목소리로 질문을 던져오던 사내의 정체가 무시무시한 살수조직 비림의 살수라는 것을 깨달은 것이다.

"아… 아…….."

사내는 이를 딱딱 부딪치며 두려움을 온몸으로 내비쳤고, 백은섭은 싸늘한 얼굴로 사내의 뒷머리를 움켜쥐었다.

"그러니 내게 거짓을 고하면 안 될 것이야. 물론, 과장을 해서도 안 될 것이며, 빼놓는 게 있어서도 안 될 거야. 내 말 알아들었나?"

백은섭의 말이 끝나기가 무섭게 사내는 고개를 빠르게 끄덕였다.

"알아들었다니 다행이네. 그럼 말해 보거라. 그날 무슨 일이 있었는지."

사내는 고개를 숙인 채 그날의 일에 대해서 자신이 아는 모든 것을 고했다. 물론, 더하는 것도 빼는 것도 없이 있는 그대로를 전부. 이야기를 듣고 있던 백은섭은 흥미로운 얼굴로 고개를 연신 끄덕였다.

"이게 제가 알고 있는 전부입니다."

"전부라고?"

"예… 예!"

"그럼 넌 이제 필요 없겠네."

 몸을 일으킨 백은섭이 손짓하자 흑의인 중 한 명이 단검으로 사내의 목을 꿰뚫었고, 사내는 일말의 비명성도 지르지 못한 채 숨을 거두었다.

"흐음. 이십대 중반의 젊은 사내 중에서 홀로 수십 명의 고수들을 상대할 수 있는 자라……."

 젊은 고수들의 이름과 얼굴들이 빠르게 스쳐지나갔지만, 그들 중에는 이런 짓을 벌일 만한 자가 존재하지 않았다. 애초에 어느 자가 과감하게도 흑도무림의 무인들을 불러들여 가둔 후 죽일 생각을 하겠는가.

 이것은 고리타분하고 고지식한 정파 놈들이 벌일 만한 짓이 아니었다.

"곧 죽어도 의협(義俠)를 외치는 정파 놈들이 할 만한 짓은 아니지."

 정파소속의 무인이 아니며, 젊은 나이의 고수.

목숨을 구걸하는 무룡객의 머리를 망설이지 않고 날려 버릴 만한 비정함. 중원 무림에 속한 수십, 수백 명의 젊은 고수들을 꿰고 있는 백은섭의 머릿속에서 단 한 명의 얼굴이 떠올랐다. 그 사내의 얼굴을 떠올린 백은섭의 입가에 진한 미소가 깃들었다.

"역시 그 녀석밖에는 없지."

모든 조건과 상황에 걸맞은 사내는 백은섭이 아는 한 단한 명밖에 없었다. 생각이 여기까지 미치자 백은섭이 남은 술을 모두 술잔에 털어 넣어 마신 후 몸을 돌렸다.

"생각보다 재미있겠어."

* * *

"제발 한 번만 살려 주십시오… 다시는 덤비지 않겠습니다."

"가라. 두 번 다시 내 눈에 띄지 않아야 할 것이야."

"여, 여부가 있겠습니까!"

패배를 맛본 사파무인들은 뒤도 돌아보지 않고 어둠 속으로 사라졌다. 검을 들고 서 있던 현각은 무수한 사파 무인들의 시신 사이에 홀로 서 있는 태무선을 응시했다.

압도적인 강함. 상대의 숫자나 힘의 크기는 의미가 없었다. 밀려드는 파도 앞에 지어진 모래성처럼 흑도무림이 만들어낸 연합체는 태무선이라는 태풍을 견디지 못한 채 쓰러졌다.

"대단하지 않아요?"

현각의 옆으로 유선이 다가왔다.

그녀는 미소 띤 얼굴로 태무선을 바라보며 서 있었는데 두 눈에는 일종의 경외감이 깃들어 있었다.

"무공실력도 실력인데 저희의 걱정을 단 한 번에 끝내버렸잖아요."

"그러게 말이오."

사실 현각과 유선은 한 가지 난관에 봉착했다.

그것은 바로 봉문을 자처한 정파소속의 문파들이 사악교와 흑도무림을 두려워하여 봉문을 해문 하기를 꺼린 것이다. 오죽했으면 한 문파의 수장이 현각과 유선의 앞에 넙죽 엎드린 채 한 번만 봐달라고 빌었겠는 가.

무림맹이 무너진 지금, 그들의 두려움은 당연했다.

'이걸 어쩐다…….'

현각과 유선은 자신들이 생각하기에도 봉문을 해문 하는 것으로도 위험에 빠질 것이 분명한 작은 중소문파들을 억지로 해문 할 순 없다고 여겼다. 그러나 봉문을 마치지 않으면 무림맹의 힘이 되어줄 수 없는 상황. 그때 말없이 생각에 잠겨 있던 태무선이 한 가지 제안을 내놓았다. 그의 제안은 허무맹랑하기 그지없었으나 현각과 유선도 마땅한 방법이 없었기에 따를 수밖에 없었다.

"겨우 몇 주 만에 이런 성과를 낼 줄이야."

봉문을 자처하며 해문하기를 꺼려하던 문파들이 이제는 제 발로 찾아와 해문을 해 주기를 부탁했다.

십일문연합을 주축으로 흑도무림과 사악교에 대한 두려움으로 숨어 있던 정파의 문파들이 속속들이 모습을 드러내기 시작한 것이다.

정파문파들이 힘을 내기 시작하자 오히려 세상 두려울 것 없던 흑도무림이 주춤거리며 물러서기 시작했다. 이 모든 것은 태무선의 보여준 압도적인 무력 덕분이었다.

"하지만… 이제 맞는 일인지는 모르겠소."

"뭐가요?"

"우리가 흘리고 있는 이 수많은 피를 말이오."

무당파의 도사인 현각은 복잡한 시선으로 태무선의 발치에 놓여 있는 시신들을 응시했다.

그들이 흘린 피는 마른 대지를 가득히 적시고 있었고, 황토색이었던 땅은 어느새 핏빛으로 물들어 있었다.

"도사님은 잊으셨나요. 정사대전에서 보여준 사악교의 악랄함을?"

"잊지 않았소. 하지만 그들은 말 그대로 사악한 이들이 모여 만들어진 사악교가 아니오? 그들과 똑같이 행동했다가는… 우리를 정파(正派)라 부를 수 있겠소?"

"역시 도사님이라 그런지 생각하는 게 저랑은 다르군요."

유선은 홍의방 소속의 여무인으로 정사대전당시 숙부와 백부를 동시에 잃은 비운의 여인이었다.

그녀에게 있어서 사악교와 그들을 따르는 흑도무림은 불구대천의 원수. 씹어 먹어도 시원치 않을 놈들이었다.

"나는 마교주의 방식이 마음에 들어요. 이이제이(以夷制夷)라 하였죠. 사악교를 상대하기 위해서는 그만큼 악독한 이의 방식이 필요해요."

"……."

현각은 아무 말도 하지 않았다. 유선이 겪었던 상실과 아픔에 대해서 알고 있었고, 굳이 그녀와 반목할 이유도 없었기 때문이었다.

"어쨌든 결과적으로 봉문을 끝내길 원치 않던 문파들이 제 발로 찾아와 봉문을 끝내주길 원했고, 사악교 휘하의 사파문파들은 십일문연합을 두려워하고 있으니까요."

냉정하리만큼 딱딱한 유선의 목소리에 현각은 말을 아꼈다. 과정이야 어떻든 유선의 말대로 태무선의 방법은 옳았다. 결과적으로 사악교의 세력이 아주 조금은 약화되었고, 무림맹을 잃은 정파의 문파들이 힘을 얻고 있었으니. 현각은 혼란스러운 얼굴로 피로 인해 붉어진 대지를 응시했다.

* * *

"벌써 열 개의 문파가 찾아와 십일문연합에 소속되기를 청해 왔습니다. 이젠 이름을 바꿔야 할 것 같습니다."

"흠."

태무선은 신이 난 듯한 공유도의 얘기를 들어주며 팔짱을 꼈다. 확실히 정파의 문파들이 힘을 얻고 있었고, 기세를 탔다. 하지만 태무선의 얼굴은 여전히 똥 씹은 표정을 하고 있었다.

'슬슬 입질이 올 때가 됐는데.'

사실 태무선이 기다리고 있는 것은 흑도무림의 약화 및 정파 무림의 득세가 아니라 사악교의 주축이 움직이는 것이었다. 사악교가 움직여야 그놈들을 박살내고 교주를 끌어낼 수 있었기 때문이었다.

"이젠 어떻게 할까요?"

수번에 걸쳐 흑도무림의 연합체를 홀로 박살낸 태무선에게 공유도는 무한한 신뢰감을 보내고 있었다.

그는 눈을 반짝이며 다음 계획을 수행할 준비를 했고, 팔짱을 낀 채 인상을 찡그리고 있던 태무선은 몸을 반쯤 일으키며 말했다.

"하던 대로 해. 아직은 때가 아니야."

"알겠습니다."

말을 마치고 안채를 빠져나온 태무선은 몇 개의 구름들이 유유히 날고 있는 하늘을 올려다보았다.

"아… 귀찮아."

이 귀찮은 짓을 얼른 끝내고 싶었던 태무선은 사악교가 최대한 빨리 움직이길 바랐다.

그리고 이런 태무선의 바람은 꽤나 빨리 이루어졌다.

철의 심장을 지닌

"이번 작전에서… 빠지라는 말씀이십니까."

백귀의 물음에 백은섭이 고개를 끄덕였다.

"그래, 백화궁의 일은 이번 일보다 훨씬 더 중요한 일이야. 그러니 시간을 지체할 수도, 다른 이에게 이번 일을 일임할 수도 없으니 내가 믿고 맡길 수 있는 사람을 보내야지."

"이런 일이라면 신녀님이……."

"백화궁은 알려진 게 거의 없는 미지의 조직이야. 그런 곳엘 신녀님을 어떻게 보내겠어. 그러니 네가 다녀와."

"알겠습니다."

더 이상의 질문 없이 백귀는 고개를 숙이며 명을 받들었다. 현 아랑단의 부단주인 백귀에게 내려진 명령은 바로 백화궁을 설득하는 것이었다.

비밀리에 알려지지 않은 백화궁이 위치를 알아낸 이상 더 이상 지체할 이유가 없었다.

"자, 그럼 나도 준비를 해볼까."

약 오 년 만에 마교주가 세상에 모습을 드러냈다.

무인에게 오 년이란 시간은 삼류무인에서 일류무인이 될 수도 있는 시간. 과연 검신에게도 송곳니를 드러내던 마교의 교주가 어떻게 변했을지, 백은섭은 벌써부터 심장이 두근거렸다.

한편, 백화궁으로 향하게 된 백귀는 주먹을 강하게 말아쥐었다. 그녀의 차가운 시선은 중원의 지도를 향했다. 지도에는 묵색 십자모양으로 칠해진 표식이 존재했다.

지도상에도 산밖에는 존재하지 않는 곳. 백귀는 자신의 기다란 도를 챙긴 후 건물을 빠져나왔다.

* * *

십일문연합이 흑도이십세를 박살낸 지도 어언 한 달이라는 시간이 흘렀다.

그동안 십일문연합에도 많은 변화가 있었는데, 일단 열한 개의 문파로 이루어져 있던 십일문연합이 이제는 스물다섯 개의 문파가 모여들었다.

이제는 십일문연합이라고 부르기엔 어폐가 있었지만, 십일문연합이라는 이름이 이미 중원곳곳에 소문이 난 상태였기에 이름은 그대로 두기로 하였다. 그리고 무인들의 숫자가 늘어난 만큼 허름하던 장원의 크기도 커졌다. 문파들이 십시일반 모은 자금으로 장원을 넓힌 것이다.

"이젠 함부로 쳐들어오지 않는군요."

공유도는 흑도무림의 습격이 더 이상이 이어지지 않자 묘한 기분을 느꼈다. 이전의 십일문연합이 굶주린 들개들의 앞에 놓인 탐스러운 먹잇감이었다면, 이제는 누구도 함부로 넘볼 수 없는 맹수가 되었다.

세간에서는 무림맹을 대신할 정파의 유일한 희망이라는 얘기까지 들려오고 있었으니, 연합의 장을 맡고 있는 공유도는 가슴이 뜨거워지는 일이었다.

"소문이 났겠지. 십일문이 연합이 함부로 덤빌 만큼 약하지 않다고."

물론 예상했던 일었지만 태무선은 입 안이 쓰게 느껴졌다. 아직 사악교의 주축이 움직이질 않았다.

'들킨 건가.'

이 모든 것이 사악교를 끌어내기 위함인 것을 눈치챈 걸까. 흑도무림도 사악교도 쉽사리 움직이지 않았다.

태무선은 품속에서 비역만주인 장호련이 보내온 서신을 만지작거렸다. 최근 날아온 전서구에 의하면 사악교는 특별한 움직임을 보이지 않다고 전해졌다.

이 말은 북방의 흑도무림이 무너지고 십일문연합이 득세하는 것은 사악교에겐 큰 의미가 아니라는 뜻.

"더 큰걸 터트려야 하나?"

어떻게 해야 사악교주를 끌어낼 수 있을지 고민하는 태무선의 이마엔 주름살이 늘어났다.

그날 밤 늦은 저녁.

여느 때와 같이 장원의 가장 높은 곳에 올라선 태무선은 지붕의 한편에 앉아 밤하늘을 올려다보았다.

보통 늦은 저녁에 습격을 강행하는 흑도무림 때문에 생겨난 일종의 습관이자 버릇이었다. 한가로이 저녁바람을 맞고 있던 태무선의 곁으로 유선이 다가왔다.

"아이고오, 높은 곳에 계시네요."

유선은 너스레를 떨며 태무선의 곁으로 다가와 그의 옆에 앉았다.

"벌써 사흘째 흑도무림에선 아무런 움직임도 보이지 않아요. 어쩌면 이 일대에선 더 이상 십일문연합에 대항할 수 있는 문파가 없는 것이겠죠."

"꽤 많은 문파가 무너졌으니까."

"맞아요."

태무선의 말처럼 흑도무림의 무모한 습격은 수많은 사파 문파들의 현판을 내려놓게 만들었다. 문파를 구성하는 무인들을 대부분 잃고 현판을 내리거나 세를 잃은 사파문파들의 수입이 현저히 줄어들어 더 이상 문파를 유지할 수 없게 되어 현판을 내리는 게 대부분이었다.

"새로운 연합을 만드는 게 어떨까요? 이번엔 중원의 중심부에 세우는 거예요."

"괜찮은 생각이야."

나쁘지 않은 생각이었다.

지금이야 북방의 정파문파들을 규합하고 사파 문파들을 몰아내는 게 전부였지만, 중원의 중심부로 간다면 그들의 영향력을 사방으로 펼칠 수 있었다.

"그곳에서도 문파들을 끌어 모아 이번엔 저희도 이십문연합으로 만들죠!"

자신의 계획에 태무선의 긍정적인 반응을 보이자 신이 난 유선이 이번엔 이십문연합을 만들자며 들떠있자 태무선이 유선을 가만히 응시했다.

"흩어진 개방도를 다시 모으면 새로운 개방 세울 수 있을 거예요! 그러면……."

이제는 유명무실해진 개방을 다시금 세울 수 있을 거라던 유선이 말끝을 흐리며 민망한 듯 얼굴을 붉혔다. 오갈 곳이 없어진 유선의 눈동자가 허공을 헤매었다.

"왜… 왜 그렇게 바라보세요."

갈 곳을 잃은 유선의 눈이 사방으로 움직이자 태무선이 시선을 먼 곳으로 돌렸다.

"흐음. 여기 있어."

"네?"

대화가 채 끝나기도 전에 태무선이 몸을 날렸다.

그의 움직임이 어찌나 빨랐는지 태무선의 신형은 연기처럼 사라졌고, 이를 지켜보던 유선이 휘파람을 불었다.

"휘유… 괜히 마교의 교주가 아니라는 건가."

품속에서 자그마한 수첩을 꺼낸 유선은 붓통에서 먹을 묻힌 붓을 꺼내 일자를 적어 내려갔다.

"경신술은 예상한 것 이상이며……."

유선의 수첩에는 오늘 태무선에 대한 이야기들로 가득 찼다.

한편, 십일문연합의 장원을 빠져나온 태무선은 나무들이 빼곡하게 자라난 숲길을 천천히 거닐었다.

갑자기 산책을 하고 싶어진 것은 아니었다. 사람들이 지나다니며 생겨난 오솔길을 따라 걷고 있던 태무선은 제자리에 멈춰서며 입을 열었다.

"보아하니 나를 불러낸 것 같은데."

태무선의 말이 끝나기가 무섭게 아무도 없는 듯하던 나무 사이로 한 사내가 모습을 드러냈다.

키는 태무선보다 한주먹만큼 컸고, 머리부터 발끝까지 검은 옷을 뒤집어쓰고 있었다. 보이는 것이라고는 형형하게 빛을 내는 두 눈동자뿐. 허리춤에서 검을 반쯤 뽑아낸 흑의인은 태무선을 노려보며 말했다.

"네가 마교의 교주인가."

"그래."

태무선이 망설임 없이 대답하자 흑의인은 살짝 놀란 듯했다.

"숨기지 않는군."

"그래야 할 필요가 없으니까."

"내가 이곳에서 살아갈 수 없을 거라 자신하는 건가."

"뭐… 나랑 인사치레나 나누려고 온 것은 아니잖아."

태무선은 뒷짐을 진 채로 주변을 천천히 둘러보았다.

그의 주변에 빼곡하게 자라난 나무위로 몇몇의 인기척이 느껴졌다. 수준급의 살수들이었기에 숨소리조차 숨기며 심장의 박동조차 조절할 수 있는 자들이었으나 태무선의 감각을 숨길 순 없었다. 이미 투령무일체의 십성에 다가가는 태무선의 감각은 범인은 아득히 뛰어넘었으니.

"마교의 교주가 무림맹을 도와 우리와 싸우려는 건가."

"응."

"그래서 마교가 얻는 것은 무엇이지?"

"얻는다기보다는 돌려받는 거지."

흑의인은 태무선의 의도를 알아차렸다.

그가 원하는 것은 분명했다. 태무선의 의도는 사악교에 의해 빼앗긴 사강목을 돌려받기 위함이리라.

"흑도마수 사강목. 그는 이미 죽었다. 아주 오래전에."

"그런가……."

"그럼에도 사악교와 싸울 생각인가?"

"죽었다면 목숨 값을 받아야지."

"그렇군. 그렇다면… 다툴 수밖에."

흑의인이 검을 뽑아들었다.

그리고 그 순간, 흑의인의 앞에 태무선이 나타났다.

'빠르다!'

흑의인의 눈이 저절로 커졌다. 빠르다는 것은 이미 알고 있었지만, 이 정도일 줄은 몰랐던 것이다.

검을 뽑자마자 태무선을 향해 검격을 날리려던 흑의인은 계획을 접고 뒤로 물러서며 검을 들어올렸다. 곧 이어질 태무선의 권격을 막기 위해서였다.

하지만 흑의인의 선택은 옳지 못했다.

"피했어야지."

"읍!"

한번 뻗어진 태무선의 손이 흑의인의 검신을 붙잡은 채

로 밀고 들어와 흑의인의 멱살을 움켜쥐었다.

콰드득—!

칼날이 얼음조각처럼 부서져 내리고 흑의인의 멱을 움켜 쥔 태무선은 그를 바닥에 내동댕이치며 허리를 돌려 왼발로 흑의인의 목을 내리찍었다.

꽈직!

순식간에 흑의인의 목을 부러뜨린 태무선의 시선은 이번엔 사방에서 날아드는 살수들을 향했다. 무려 스무 명의 살수들. 개개인이 실력 있는 비림의 정예들이었다.

"많다 많아."

살수들은 거리를 주지 않은 채 품속에서 포승줄처럼 생긴 기다란 줄을 꺼내 휘둘렀다. 열다섯 명의 살수들이 날린 포승줄이 태무선을 단숨에 에워싸며 묶어 들어갔다.

"아."

태무선은 온몸을 결박한 검은 줄을 바라보며 인상을 찡그렸다.

"너희 말고 다른 녀석은 없는 거야?"

온몸이 묶여버린 태무선이 태연자약하게 물어오자 나머지 다섯 명의 살수들은 대답 대신에 검을 들어 태무선을 찔렀다.

"우리, 대화가 필요하다는 생각은 안 해봤어?"

다섯 개의 칼날이 태무선의 사혈을 노리고 찔러 들어왔

다. 그 속도가 어찌나 빨랐는지 한 번의 빛이 번쩍인다 싶더니 그들의 칼날은 태무선의 가슴과 목, 복부와 요추를 노린 채 바짝 다가왔다.

"안 해봤으면 말고."

태무선이 내공을 힘껏 끌어올리자 그의 두 다리를 떠받치고 있던 대지가 움푹 패며 태무선을 에워싼 검은 포승줄이 갈기갈기 찢겨졌다.

그뿐만이 아니라 태무선의 사혈을 노리고 찔러 들어온 살수들의 검은 제멋대로 경로를 바꾸며 휘어졌다. 태무선은 가까워진 살수들을 가만히 놔둘 생각이 없었다.

한 번의 권격으로 첫 번째 살수의 가슴을 박살낸 후, 뒤이어 천뢰각을 펼쳐 살수의 어깨를 찍어 눌렀다.

외마디 비명성도 없이 쓰러진 두 명의 살수를 뒤로한 채 태무선의 몸이 마치 검은 용처럼 움직이며 세 명의 살수를 덮쳐들었다.

'뒤로 피한다!'

세 명의 살수가 뒤로 몸을 날리며 물러섰고, 나머지 열다섯 명의 살수들이 끊어진 줄을 내던지고 검을 뽑아들었다.

"흐읍!"

태무선이 숨을 들이마시며 내공을 끌어올렸다. 곧이어 태무선의 양 손에서 검은빛의 회오리가 솟구쳤다.

천열용조(天裂龍爪). 투령무일체의 유일한 조법이라고

할 수 있는 천열용조가 태무선의 양손에서 펼쳐졌다.

거의 일직선으로 내지르는 권격이 대부분인 투령무일체의 무공 중에서도 상대를 찢어발기는 기운을 담은 천열용조는 십성에 다다른 투령무일체와 더불어 성장한 무퇴진일보의 용린보(龍鱗步)와의 조화를 이루었다.

태무선이 마치 흑룡(黑龍)을 연상케 하는 모습으로 살수들을 덮쳤고, 그의 손길에 닿은 살수들은 온몸이 찢겨진 채 쓰러졌다.

"큽!"

열다섯 명의 살수들이 태무선의 용린보에 짓밟히고 천열용조에 찢겨진 채 쓰러졌다. 이제 남은 것은 세 명의 살수. 태무선은 고개를 들어 검을 쥔 채 여태껏 투지를 잃지 않은 채 자신을 노려보는 살수들을 응시했다.

"여전히 대화 할 생각은 없지?"

"물러선다."

세 명의 살수들 중 가장 선두에 선 자가 품속에 손을 넣은 채 명령하자 두 명의 살수가 몸을 돌린 채 각기 다른 방향으로 도주했다.

"나 참."

살수들과 또다시 숨바꼭질을 할 생각에 매우 귀찮아진 태무선은 품속에 손을 넣은 살수를 향해 몸을 날렸다.

여전히 양손에 천열용조의 기운을 담고 있던 태무선은

살수가 품속에서 손을 빼내기도 전에 그의 목을 잡아 부러 뜨렸다.

우득—!

여전히 비명은 없었고, 살수를 쓰러뜨린 태무선은 양쪽으로 흩어진 살수들 중 고민하다가 왼쪽으로 몸을 날렸다.

타다닥—! 타닥—!

은밀하게 도망치는 것은 불가능이었다. 살수임에도 은밀함을 버린 살수는 있는 힘껏 도망쳤다. 계획은 틀어졌고, 이제 할 수 있는 것은 살아서 목적지에 다다르는 것이었다.

'조금만 더 가면……!'

살수의 눈에 목적지가 보였다.

그곳은 작은 목재건물. 산속에 지어진 오두막이었다.

'조금만 더!'

살수가 두 다리에 힘을 주어 땅을 박차고 허공에 날아올랐다. 이제 몇 걸음만 더 가면 목적지에 도착할 수 있…….

쿵—!

허공으로 날아오른 살수의 신형이 바닥에 내동댕이쳐졌다. 살수는 하마터면 비명을 지를 뻔했다. 형언할 수 없는 고통이 온몸을 잠식했기 때문이었다.

"끄윽……!"

어떤 고통에도 비명이나 신음성을 지르지 않게 교육받은 살수의 입에서 짤막한 신음성이 흘러나왔다.

태무선은 한 손에 살수의 뒷목을 움켜쥔 채로 나타나 살수의 앞에 섰다.

"내게 찾아온 것이 너희가 전부일 리가 없을 텐데. 저 오두막에 있나?"

더 이상 도망칠 수 없음을 깨달은 살수는 망설임 없이 어금니를 꽈악 깨물었다.

"끅!"

어금니에 숨겨둔 독약을 삼킨 살수는 몸을 한 차례 부르르 떨고는 고개를 떨군 채 숨을 죽였다.

살수가 자결했음을 깨달은 태무선은 입맛을 다시며 자신의 손에 들려 있는 살수를 바라봤다.

"이놈도 자결하려나."

혹시 몰라 기절시킨 살수를 죽이기엔 아까웠기에 태무선은 혼절한 살수를 한 손에 든 채로 오두막을 향해 걸었다. 그 안에서는 아무런 기척도 느껴지지 않았다.

태무선은 손을 내밀어 오두막의 문을 열어젖혔고, 그 안에는 한 남자가 다리를 꼰 채로 앉아 태무선을 기다리고 있었다.

"왔는가."

중년인의 목소리. 태무선은 어둠속에서 눈을 밝히고 있

는 중년인을 향해 다가섰다.

"겁이 없는 친구로군. 이 안에 자네를 잡을 만한 함정이 있을 거라… 걱정되지는 않는 겐가?"

"그런 게 있어?"

태무선이 신기한 듯 주변을 둘러보자 중년인이 웃으며 자리에서 일어섰다.

"물론……."

중년인이 두 어깨를 들썩이며 미소 지었다.

"없지."

"에이."

태무선이 실망했다는 듯한 표정을 보이자 중년인이 너털웃음을 터트리며 손가락으로 오두막의 한편을 가리켰다. 그곳에는 두 개의 의자와 하나의 탁자가 놓여 있었다. 중년인의 의도를 알아차린 태무선이 탁자 앞에 놓인 의자에 앉았고, 중년인이 태무선의 맞은편에 자리 잡았다.

"한잔 들겠나."

중년인은 술병을 들어 태무선의 앞에 놓인 잔에 술을 따라주었다.

"꽤 이름난 명주일세. 이름을 말해줘도 자네는 모를 테지만."

"그렇지."

태무선은 망설이지 않고 술잔을 들었고, 중년인이 자신

의 잔을 채워 내밀자 가볍게 잔을 댄 후 입안에 털어 넣었다. 혹시나 술이나 잔에 독이 발라져있을까 하는 걱정 따위는 태무선에게 존재하지 않았다.

"마교의 교주가 호걸 중의 호걸이라더니 사실이었군. 함정이나 독 따위를 걱정하지 않는 것을 보아하니."

"나를 불러낸 이유는 뭐야? 보아하니 술잔이나 기울이자고 부른 것은 아닐 텐데."

"얘기나 하자고 불러냈지. 자네는 우리 사악교에서도 요주의 인물이니."

"흐음. 한 조직의 장(長)을 불러냈으면 그쪽도 장(長)이 와야 하는 거 아닌가?"

"자네는 모르겠지만, 본교의 교주님이 매우 바빠서 말일세. 아쉽게도 한가로이 마교의 교주를 만날 시간이 없으시다네."

"아쉽네."

태무선은 중년인이 따라준 술잔을 연거푸 들이켰고, 중년인은 묘한 눈길로 태무선을 응시했다.

"멈출 생각은 없는 겐가."

"뭘?"

"내가 뭘 말하는지는 자네도 알지 않은가?"

"아아… 나도 굳이 이렇게 귀찮은 짓들은 하고 싶지 않아. 그런데 너희가 내 사람들을 데려가서 말이야."

"흑도마수를 말하는 건가."

태무선이 고개를 끄덕이며 어깨를 으쓱이자 중년인이 다 떨어진 술병을 내던졌다. 텅 비어 있다고 봐도 무방한 작은 오두막에선 병이 깨지는 소리가 요란하게 들려왔다.

"그가 이미 죽었다는 것은 전해 들었을 텐데."

"그럼 목숨 값을 내놔야지."

"어떻게 하면 흑도마수의 목숨 값이 되겠나? 얼마만큼 의 피가 필요하지?"

"교주."

지금껏 권태롭긴 하지만 딱딱하지 않게 느껴지던 태무선의 목소리가 북해의 서릿발처럼 차가워졌다.

그의 눈빛에서 진심을 엿본 중년인은 안타깝다는 듯 자신의 머리를 쓸어 올리며 고개를 가로저었다.

"그건 불가능하다는 걸 자네도 알고 있지 않은가."

"걱정 마, 그 값은 내가 직접 받으러 갈 테니."

"망해버린 무림맹을 이용해 사악교와 붙어볼 생각이라 면 접어두는 게 좋을 거야."

"고작 그런 말을 늘어놓자고 나를 찾아온 것은 아닐 텐 데."

"그래, 사실은……."

까앙―!

요란한 쇳소리와 함께 탁자를 반으로 가르며 베어 들어

온 중년인의 칼날이 휘청이며 허공으로 치솟았다.

바람소리조차 들려오지 않았건만, 태무선의 주먹이 중년인의 검끝을 주먹으로 쳐낸 것이다.

"역시 대단하군!"

중년인은 감탄사와 함께 자신의 검을 거둠과 동시에 내공을 끌어올렸다. 검붉은 색의 기류가 중년인의 검을 타고 솟구쳤다. 마치 창을 연상케 하는 검붉은 색의 날카로운 검기가 중년인의 검신을 타고 솟구쳤고, 중년인이 비릿한 미소와 함께 몸을 날렸다. 몇 점의 빛 외엔 어둠으로 가득찬 오두막 속에서 중년인의 모습이 사라졌다.

"미안하지만, 이곳엔 자네를 귀찮게 할 함정들이 가득하지."

철컥—!

기관이 움직이는 소리와 함께 사방에서 자그마한 침들이 날아들었다. 침은 눈에 보이지 않을 정도로 가늘고, 날카로운 침의 끝부분엔 독이 발라져 있었다.

순식간에 태무선을 에워싼 수백 개의 비침이 빠르게 쏘아졌고, 이에 맞춰 태무선이 기운을 끌어올렸다.

쿵—!

진각을 밟는 것과 함께 태무선이 주먹을 들어올렸다.

그의 목표는 어둠 속에서도 선명히 들려오는 중년인의 인기척을 향했다.

콰아앙!

순식간에 오두박의 절반이 날아갔다. 태무선을 위해 마련한 함정들의 절반 이상이 그의 권격과 함께 날아가 버린 것이다. 이를 지켜보던 중년인이 어이가 없다는 듯 허탈한 웃음을 지었다.

"어이가 없을 정도군!"

그는 예리하게 솟구친 자신의 검기를 휘둘렀다. 검붉은 색의 검기가 송곳모양으로 날아와 태무선을 덮쳤으나, 태무선이 오른발을 휘둘러 차며 검붉은 검기를 터트렸다.

꽝— 꽝!

두 개의 폭음성과 함께 모래먼지가 휘몰아쳤다.

쑤욱—

솟구친 모래먼지 사이로 태무선의 신형이 솟아나 중년인을 향해 바짝 다가섰다. 너무도 빠른 움직임에 검은 신형이 잔상으로 남아 길게 이어지는 모습은 그야말로 흑룡을 보는 듯 했다.

"후읍!"

중년인이 몸을 움츠리며 외쳤다.

"그리고 네가 마신 잔에는 칠보추혼독이 발라져 있었지!"

칠보를 걷기도 전에 목숨을 잃는다는 칠보추혼독.

중년인은 태무선을 죽이기 위해 꽤나 많은 것을 준비해

두었다. 그러나 태무선은 칠보 이상을 걸었음에도 안색이 전혀 변해 있지 않았다.

"꽤 많은 것을 준비했었네."

"물론. 허나 의미는 없는 것 같군."

중년인이 검을 한 바퀴 돌렸다. 함정도 무의미했고, 극독은 통하지 않는 듯했다. 허탈하기는 했으나 중년인은 여전히 투지와 살기를 불태우고 있었다.

"나는 네놈을 이기지 못할 테지. 하지만, 내 죽음으로 인해서 사악교가 네놈의 목을 취하는 데에 더욱 가까워질 수 있을 것이다!"

호기롭게 소리친 중년인이 몸을 움직였다. 그의 신형은 엿가락처럼 늘어지며 태무선을 향해 바짝 다가왔고, 중년인의 검끝이 태무선의 미간을 향해 뻗어졌다.

"재미있는 장난이야."

왼손으로 중년인의 검끝을 후려치며 동시에 신형을 돌린 태무선은 오른 주먹으로 자신의 목덜미를 향해 베어 들어온 칼날을 쳐냈다.

캉— 카앙—!

두 개의 쇳소리가 동시에 울려 퍼졌다. 태무선의 왼발이 중년인의 무릎을 후려쳐 그의 신형을 무너뜨린 후 검끝을 쳐낸 왼손으로 중년인의 턱을 빠르게 내려쳤다.

퍽—!

경쾌한 타격음과 함께 중년인의 고개가 홱 돌아갔고, 그는 눈깔을 뒤집고 쓰러졌다.

"너무하잖아. 이들도 너 하나 잡아보겠다고 밤낮을 땀 흘려 함정과 독을 준비했다고."

태무선의 목을 베는 데에 실패한 흑의인이 실망이 가득한 눈빛으로 태무선을 바라봤다. 그는 방금까지만 해도 태무선의 손에 혼절하여 그의 손에 끌려온 살수였다.

"네가 진짜배기인가?"

"그런 셈이지. 그런데… 설마 내 목소리를 잊어버린 거야?"

"소경찬."

"하하하! 역시! 잊지 않았구나."

흑의인이 복면을 벗자 그 안에서는 익숙한 얼굴이 모습을 드러냈다.

그는 투기장에서 본 적이 있는 소경찬이라는 사내였다.

실로 오랜만에 전혀 의외의 장소에서 나타난 소경찬은 태무선이 쳐낸 검을 거두며 싱그러운 미소를 지어보였다.

"오랜만이야. 네 덕분에 꽤나 호사스러운 여행을 할 수 있었어."

"너도 사악교에 붙었나?"

"음. 요즘 먹고 살기가 팍팍하잖아. 안 그래도 무림맹이 마교 꼴 나버리는 바람에 갈 곳이 없어졌다니까. 나같이 위대한 무인을 품어줄 수 있는 조직을 찾다보니.”

소경찬이 손가락을 딱 소리 나게 부딪치며 웃었다.

“사악교가 딱이더라고, 하하하!”

“꽤나 요직에 앉은 모양이네.”

“내가 재능이 있잖아. 생각보다 빨리 비림에서도 아주 높은 자리에 앉을 수 있었지. 아! 은섬을 찾고 있지 않아?”

“은섬을 알아?”

“당연하지! 내 선배이자 상관인걸! 정말 대단하신분이지. 아름답고.”

“어디 있는 지는?”

“그건 나도 모르겠네.”

소경찬이 미안함이 담겨 있는 시선으로 고개를 좌우로 흔들자 태무선이 손목을 돌리며 담담하게 말을 꺼냈다.

“그래서 언제 시작할 거야?”

무덤덤한 표정과 말투로 건넨 질문.

태무선의 말뜻을 이해한 소경찬은 씁쓸한 얼굴로 품속에서 작은 단검을 꺼내들었다.

“해후는 이정도로 끝내야겠지.”

칼날을 담은 듯한 두 사내의 시선이 서로를 향했다.

＊　＊　＊

54

열아홉의 정예 살수와 이름난 무인들을 대거 암살하는 데에 성공한 정예 중의 정예 살수인 배살을 전면에 내세웠다.

한 호흡.

밧줄을 손에 쥔 채 그의 시선은 태무선에게로 고정됐다. 배살은 계획한 대로 태무선과 짧은 대화를 나누었다.

그가 태무선과 얘기를 나누며 시간을 보내는 이유는 따로 있었다.

'역시 무기는 없이 권각을 사용하는군.'

분석을 할 시간이 필요했다. 이렇게 가까운 거리에서 마교의 젊은 교주를 보는 것은 처음이었으니까.

한 호흡.

사방에서 어둠이 짙게 깔리며 그의 세상에서는 오롯이 태무선만이 존재했다.

배살과 태무선의 짧디 짧은 대화가 끝이 나고 간결한 몇 가지의 동작만으로 배살을 압도하여 죽이는 데에 성공한 태무선의 모습. 그는 전율을 느꼈다.

'대단해.'

그 역시 어린 나이에 다른 이들은 결코 도달할 수 없는 경지에 이르렀다. 살인이라는 존재에 가장 근접한 인간이라 칭해지는 은요조차도 그를 뛰어넘지 못했다.

그런 그가 태무선에게서 전율을 느꼈다. 그것은 일종의

호기심이자 호승심이었다.

하지만 그는 인내했다. 때를 기다리기로 한 것이다.

태무선의 손에 살의가 느껴지지 않아 도망치는 중에 붙잡혀 혼절하는 척을 했다. 그 이후엔 오두막에 도착했고, 장난삼아 만들어둔 함정으로는 태무선의 몸에 작은 생채기조차 만들어내지 못했다.

그리고 이젠 그의 앞에 태무선만이 오롯이 섰다.

"그래서 언제 시작할 거야?"

무덤덤한 태무선의 질문에 그의 심장이 세차게 요동쳤다. 살수란 모름지기 자신의 심장박동조차 다룰 줄 알아야 하며, 모든 살수들의 정점이라 할 수 있는 그는 자신의 심장을 잠시 동안 멈추게도 할 수 있었다.

그러나 그는 자신의 심장이 더욱 요동치게 만들었다.

혈도를 타고 흐르는 피가 몸을 뜨겁게 달궜고, 눈에는 열망이 가득 찼다.

"해후는 이 정도로 끝내야겠지."

그의 대답이 끝나기가 무섭게 태무선이 간격을 좁혀왔다. 단 한 걸음이었을 텐데 어느새 태무선의 주먹이 그의 안면으로 다가왔다.

부웅―!

귓가에서 대기가 찢겨지는 소리가 웅웅 들려왔다. 고막이 터지는 것만 같았다.

"사강목을 찾고 있다고 했지?"

"이미 죽었다며."

"발가락을 하나씩 자르는 것으로 시작해서 마디를 하나씩 정성을 들여 잘라냈지."

깡— 까앙—!

양손으로 쥔 그의 쌍단검과 태무선의 주먹이 어지럽게 교차하며 맞부딪쳤다.

"허벅지까지 잘라냈을 때 나는 백도무림의 공포이자 흑도마수라 불리는 마교의 절대고수도 어린애 같은 비명을 지른다는 것을 알게 되었지."

"사강목이 비명을 지르던가."

"죽여 달라고 말이야. 아는 것을 전부 말할 테니 제발 빨리 죽여 달라더군. 그자도 어쩔 수 없는 인간이었어."

그는 태무선을 도발했다.

분노란 인간을 강하게 만들어주는 촉매제의 역할을 해주지만, 반대로 이성을 유지하게 힘들게 만든다.

분노한 이의 힘은 강하지만 냉정한 이의 힘은 더욱 강하다.

사강목의 얘기를 꺼내기가 무섭게 태무선의 분위기가 사뭇 달라졌다. 지금까지는 권태로움과 무덤덤함이 느껴졌다면 이제부터는 그의 눈빛에서 분노가 느껴졌다.

'분노하는 건가. 그래… 네 분노를 내게 보여 봐라.'

분노한 마교의 교주의 힘은 어떤가.

사악교주인 구황경의 명령은 마교주의 목을 취하는 것이었으니. 그는 세상의 모든 존재를 깨끗이 지워낸 채 태무선을 노려보았다. 태무선은 발돋움을 하며 그에게 다가와 주먹을 내질렀다. 묵직한 주먹이었으나, 문제는 속도였다.

'강하다. 하지만, 속도는 훨씬 느려졌어.'

분노를 느꼈으나 감정을 절제한 것인가. 조급함은 느껴지지 않았다.

'이 정도 도발로는 진정한 모습을 끌어낼 순 없겠군.'

그의 목적은 단순했다. 태무선의 모든 모습을 봐야 했다. 그래야지만 그의 목을 취하는 데에 있어서 모든 변수를 차단할 수 있을 테니까. 분노한 모습과 평정심을 유지하고 있는 모습을 모두 봐야 했고, 태무선의 무공이 어떤 것인지 몸소 느껴야 했다.

'흘린 후 역공.'

그의 머릿속에는 수십 개의 동작들이 떠올랐다.

태무선의 공격을 어떻게 방어하고, 어떻게 반격해야 할지. 짧은 순간동안 그는 모든 경우의 수를 계산했다.

남들과는 다른 세상을 살아가는 그의 인지 속도는 범인을 넘어 무인들조차 아득히 뛰어넘었다.

'제 아무리 강한 힘이더라도 맞지 않으면 그뿐이다.'

왼쪽 단검으로 태무선의 주먹을 흘리고, 오른쪽 단검으로 그의 손목을 벤 후, 신형을 돌리며 태무선의 품속으로 파고들어간다.

태무선의 반응속도라면 나머지 한 손으로 자신을 공격할 테지만, 두 손과 한 손은 엄연히 공격의 가짓수가 다르다. 한 손으로는 그의 공격을 막기란 역부족.

강철 검도 맨손으로 박살내는 태무선의 신체라면 평범한 공격으로는 피부조차 뚫지 못할 테지만 그는 두 단검에 검강을 만들어낼 수 있는 실력자. 제 아무리 강력한 호신강기로도 그의 강기를 막을 순 없으리라.

모든 생각이 끝을 맺자 그의 눈이 어느새 바로 앞까지 다가온 태무선의 주먹을 향했고, 미리 계획한 대로 그의 왼쪽 단검이 태무선의 팔을 흘리듯 쳐냈다.

꽝—!

"쿨럭!"

세상이 뒤집혔다 돌아오기를 반복했다.

입안에서는 끈적하고 비릿한 피 맛이 느껴졌고, 현기증이 느껴진 그는 발끝으로 땅을 박차며 뒤로 물러섰다.

'어떻게 된 거지?'

그의 시선은 저절로 왼손에 들고 있던 단검으로 향했다. 아니, 단검이었던 것에 시선을 던진 그는 단검의 칼날이 으깨져 있는 것을 발견했다.

'흘리지 못한 건가.'

흘리려했으나 흘리지 못했다. 정면으로 맞부딪친 것도 아니었는데, 단검의 칼날이 모조리 조각 나 흩어졌다.

"이것이……."

생각을 할 겨를도 없이 다가온 태무선이 그를 향해 손을 뻗었다.

파천격(破天擊). 태무선의 파천격이 그에게 적중했고, 하나 남은 나머지 단검으로 자신을 방어한 그에게로 태무선의 주먹이 박혀 들어갔다.

콰아앙—!

거대한 폭음성과 함께 그의 신형이 화살처럼 쏘아나가 바닥을 연거푸 구른 뒤, 나무에 부딪치고 나서야 멈출 수 있었다.

"하……."

입가에 고인 피를 내뱉은 그의 시선에 한 남자가 비춰졌다. 오연한 얼굴로 자신을 향해 뚜벅뚜벅 걸어오는 남자. 그의 시선에선 별다른 감정은 찾아볼 수 없었다.

"네가 이렇게 나오면 나도 진지해질 수밖에 없다고."

어기적거리며 나무에서 몸을 일으킨 그는 반쯤 찢겨진 얼굴 가죽을 떼어내 내던졌다. 바닥에 떨어진 인피면구 사이로 드러난 그의 얼굴에는 차가운 미소가 깃들어 있었다.

소안귀검. 비림 아랑단의 단주, 백은섭이 소경찬의 얼굴을 벗어던지며 입가에 고인 피를 혓바닥으로 핥았다.

"이왕이면 분노해서 미쳐 날뛰는 꼴을 보고 싶었는데 말이지."

"아쉽게 됐네."

분노가 느껴지는 듯하던 태무선의 눈빛에선 더 이상의 분노를 느낄 수 없었다. 그저, 권태로움만이 느껴질 뿐.

"사강목의 죽음은 네게 아무런 감정도 불러일으키지 못하는 건가?"

"싸움에서 패배하였으니 죽는 것은 어쩔 수 없지."

"그 녀석의 애처로운 죽음조차도?"

"사강목은 어린애처럼 울며 죽여 달라 애원하지 않아."

사강목에 대한 확고한 믿음.

그제야 백은섭은 태무선이 자신의 도발에도 담담함을 유지할 수 있던 이유를 알 수 있었다.

그는 어떠한 상황에서도 사강목이 죽여 달라 애원하지 않을 거라는 것을 알고 있었던 것이다.

자신의 실수를 깨달은 백은섭은 뻐근해진 온 몸의 근육을 이완시켰다.

"무림에서 살아가는 무인에게는 고질병이 하나 있지."

소안귀검이라는 별호답게 백은섭의 얼굴엔 미소가 가득했다. 손가락 사이에서 움직이는 단검에서는 언뜻 자유로움마저 느껴졌다.

"그것은 바로 광기다. 상대를 죽여야지만 내가 살아남을 수 있는 무림에서 사람이 사람을 죽이는 것은 어찌 보면 당연하지. 하지만 인간이 같은 인간을 죽이는 것은 비정상이야."

백은섭의 기묘한 분위기를 풍기는 눈빛이 태무선을 응시했다.

"이것이 바로 사파의 무인들 중에서 광인이 많이 나오는 이유지. 의협을 중시하는 정파 놈들은 인간을 죽이는 데에 망설이고 정을 베풀어 살려준다지만, 흑도무림에서는 자비를 베푸는 순간 자신의 목숨이 위태로워지니 상대를 죽일 수밖에 없거든."

간단한 논리였다.

백도무림이라는 정파에서는 힘없는 자, 목숨을 구걸하는 자를 굳이 죽이지 않는다. 살인을 정당화하지 않고, 정말 필요할 때가 아니면 지양하는 것이 바로 백도무림.

그에 반해 흑도무림인 사파의 무인들은 상대를 죽임으로서 자신의 가치를 증명하는 약육강식의 세계에 살아간다. 그들에게 살인이란 곧 자신을 증명하고 살아남을 수 있는 수단인 것이다.

그러니 살인을 밥 먹듯이 자행하는 사파의 무인들 중에서 광인이 나오는 것은 어찌 보면 당연했다.

"눈 한 번 깜박이지 않고 사람을 죽이는 자에게선 광기가 깃들어 있지. 그러나 네게선 광기가 느껴지지 않아."

신기할 따름이었다.

태무선은 상대를 죽이는 것에 망설이지 않는다. 인정을 느끼지 않으며, 죄악감이 존재하지 않는다. 보통 이런 자들을 광기에 사로잡혀 있거나 이를 극복한 경우였다.

"너는 광기를 극복한 거냐."

"너희들은 하나같이 말이 너무 많아."

태무선은 짜증스럽게 말했다.

싸울 생각이라면 싸우면 그만이다.

이기면 사는 것이고 패배하면 죽는 것인데 뭐가 그렇게 할 말이 많은 걸까. 이해할 수 없는 노릇이었다.

"얼른 싸우자. 이젠 귀찮거든."

태무선이 터덜터덜 걸으며 거리를 좁혀오자 백은섭이 뒤로 두어 걸음 물러섰다.

태무선이 다가가면 백은섭은 물러섰다. 이것이 몇 번씩이나 반복되자 태무선이 인상을 썼다.

"뭐 하자는 거야?"

"이상하지 않아? 십일문연합이 자신보다 몇 배는 강력한 전력을 별다른 피해도 없이 압도했다는 것이… 내 생각엔 흑도연합을 무너뜨린 건 정파 놈들이 아니라 네놈인 것 같거든."

백은섭의 예리한 추측에 태무선은 부정도 긍정도 하지

않았다. 그저, 이 싸움이 빨리 끝나기를 바랄 뿐이었다.

"그렇다면 십일문연합의 가장 강력한 전력을 빼낼 수만 있다면, 나머지 놈들을 처리하는 것은 그다지 어려운 일이 아니라는 말이지."

능청스럽게 두 손을 들어올린 백은섭은 배시시 웃었다.

그림자 속에서 이를 드러낸 채 웃어 보이는 백은섭에게선 기괴한 분위기가 풍겼다.

"네놈을 잠시만 끌어내는 걸로 십일문연합을 무너뜨릴 수 있으니. 난 그저 시간을 조금만 끌어주면 되거든."

"흠."

자신의 얘기를 들은 태무선의 반응을 세밀하게 살피던 백은섭은 웃음을 거두고 한숨을 푹 내쉬었다.

"재미없어."

백은섭이 단검으로 자신의 어깨를 두드렸다.

"동요하지 않고, 화를 내지도 않아. 어떻게 그럴 수가 있지? 투신의 무공을 배운 놈들은 다 그 모양인가?"

"글쎄."

태무선이 발을 앞으로 내밀자 백은섭이 검지손가락을 치켜들며 말했다.

"마지막으로 한 가지만 더! 사실 사강목을 사악교로 끌고 간 것은 나야. 네놈들이 자랑하는 흑도마수를 내가 이겼거든."

자랑스레 웃고 떠드는 백은섭을 향해 태무선이 고개를
한 번 끄덕였다.

"그래."

"쳇."

백은섭의 신형이 연기처럼 흩어지며 사라졌고, 그가 서
있던 자리에 엄청난 크기의 구덩이가 움푹 패었다.

폭음성은 들리지 않았다. 그저 태무선의 움직이며 생겨
난 엄청난 중압감이 대지를 짓누르며 생긴 구덩이였기 때
문이었다.

"한 번만이라도 동요하는 모습을 보여주면 안 되는 거
야?"

"입 좀 다물어."

용린보.

태무선의 모습이 마치 검은 용을 연상케 하듯이 기다란
검은 잔상을 남기며 백은섭을 쫓았다.

용린보의 무서움은 움직임이나 경로에 제한이 없으면서
도 속도가 전혀 줄어들지 않는다는 점이었다.

순식간에 자신의 곁으로 다가온 태무선을 향해 백은섭이
입술을 잘근 씹으며 몸을 움츠렸다.

"후우우."

깊은 숨을 내쉬던 백은섭의 눈빛이 방금까지와는 전혀
달라졌다. 차갑고 냉철했다. 한겨울의 추위가 가득한 공

간도 아님에도 백은섭의 벌려진 입가 사이로 희뿌연 입김이 흘러나왔다.

"후우."

왼발을 앞으로. 그리고 다음엔 오른발을 앞으로 뻗으며 몸의 중심을 최대한 앞쪽으로 내민다. 엄지발가락부터 시작된 근육의 움직임이 발등과 발바닥을 타고 올라와 발목과 종아리, 허벅지를 타고 머리끝까지 치솟아 느껴진다. 세상이 하얗게 변하는 순간, 백은섭이 움직였다.

서걱—!

태무선의 눈이 조금 커졌다.

잠시나마 백은섭의 움직임을 놓쳤고, 그 잠시간의 빈틈은 꽤나 아픈 결과로 돌아왔다.

뚝— 뚝—

붉은 피가 흐르는 자신의 오른쪽 어깨를 지켜보던 태무선은 등을 돌려 자신의 뒤를 돌아보았다. 그곳엔 피가 묻어 있는 단검을 든 백은섭이 서 있었다.

강철의 심장을 지닌 자라도 흘리는 피는 붉은색이라.

그는 흐느적거리는 팔로 단검을 내려놓은 뒤 말했다.

"다음엔 목이야."

뢰를 삼킨 아이

살수들이 단검을 쓰는 이유는 여러 가지가 있다.

첫 번째는 티를 내지 않고 소지하기가 편하며 어디든 넣을 수 있다는 것. 두 번째는 살수는 일격필살을 목표로 하기 때문에 기다란 검을 필요로 하지 않는다.

그 이유는 살수의 목적은 오로지 목표의 죽음이기에 그의 사혈이나 약점, 급소를 노리기 때문이었다.

이를 위해서는 기다란 장검보다는 손에 딱 맞게 들어오는 단검이 효율적이었다. 이 외에도 살수가 단검을 선호하는 이유는 여러 가지가 있었으나 백은섭에겐 다른 의미가 있었다. 그것은 바로 속도.

"후우우."

백은섭의 입을 타고 입김이 흘러나왔다.

장검은 결코 흉내 내지 못하는 단검만의 속도. 공기의 저항을 최소로 하며 무게 또한 가볍다.

"후우."

네 번째 호흡을 내뱉은 백은섭이 발끝을 튕겼다.

퉁—!

화살이 쏘아지는 듯한 소리와 함께 백은섭의 신형이 자취를 감췄다. 마치, 애초에 그곳에 없었던 것처럼 백은섭은 사라졌다.

서걱—!

태무선의 눈썹이 꿈틀거렸다. 이번엔 옆구리를 베였다.

그런데 언제 어떻게 베였는지 알 수가 없었다.

백은섭의 움직임은 그조차도 따라잡을 수가 없었다.

"너도 두려움을 느끼나."

감정이 느껴지지 않는 마치 목각인형이 말하는 듯 했다. 무미건조한 백은섭의 목소리에 태무선이 어깨를 으쓱였다.

"아마도."

"그럼… 오늘 다시 한번 느끼겠군."

다시금 단검을 치켜든 백은섭이 입을 벌렸다.

입김이 흘러나왔고, 여섯 번째 호흡을 하는 때에 백은섭이 발을 튕겼다. 그와 동시에 태무선이 주먹을 허리춤으로 끌어당긴 후 허리를 돌리며 주먹을 내질렀다.

핏!

잘려나간 옷깃이 태무선의 눈앞에 흩날렸다.

"된 건가?"

태무선이 잘려나간 옷깃을 보며 상처를 찾아봤지만, 세 번째 공격에서 베인 곳은 없었다.

'베지 못했다.'

무감정한 백은섭의 얼굴에서 어이가 없는 듯한 표정이 나타났다. 태무선의 권격으로 인해 압축된 공기가 터져나가며 백은섭의 단검이 원래의 경로를 잃고 태무선의 몸 대신 옷자락을 베었다. 한 치의 실수도 없는 정확함이 오히려 독이 된 것이다.

"이렇게 되면 정말로 진심을 다 해야 하잖아."

품속에서 자그마한 병을 꺼낸 백은섭이 마개를 입으로 물어 뽑은 후, 그 안에 들어 있는 걸쭉한 액체를 목구멍에 밀어 넣었다.

"크흐!"

뜨끈한 액체가 식도를 타고 흘러들어가자 백은섭이 몸을 한차례 떨었다. 뭔가를 들이키는 백은섭의 모습에 무신각에서의 일을 떠올린 태무선은 목을 양쪽으로 꺾었다.

"다들 싸우는 도중에 뭘 그렇게 먹고 마시는 거야."

"미안, 미안."

백은섭이 손사래를 쳤다.

"너무 뭐라고 하지 말라고. 이건 일종의… 마비약이니까."

"마비약?"

상대에게 쓰는 것도 아닌 자신이 마비약을 먹는다니 무슨 생각인걸까. 태무선의 의아함을 해소시켜주려는 듯 백은섭이 병을 뒤로 내던지며 입김을 흘려냈다.

"이건 나도 감당할 수 없는 고통을 주거든. 그래서 고통을 덜기 위해 마비약을 마시는 거야."

아랑단의 단주인 백은섭조차도 감당할 수 없는 고통.

그는 다리를 넓게 벌리며 자세를 낮췄다.

이젠 여덟 번째 호흡. 마치 하얀 안개를 입으로 내뱉는 듯 백은섭의 벌려진 입 사이로 안개구름 같은 입김이 짙게 흘러나왔다.

"뢰신난격(雷身亂擊)."

백은섭이 단검을 던졌다. 일직선을 그리며 날아간 단검은 엄청난 속도로 나아가 태무선의 미간으로 쏘아졌다.

"흡!"

태무선은 자신의 이마를 꿰뚫으려는 단검을 향해 주먹을 내질렀다.

하지만 그의 주먹이 닿기 직전 단검이 사라졌다.

서걱—!

내질러진 태무선의 오른팔에 네 번의 핏줄기가 솟구쳤다.

"더럽게 빠르네."

태무선이 주먹을 한 번 내지르는 순간, 백은섭이 허공에 쏘아진 단검을 움켜쥐고 태무선의 오른팔을 무려 네 번이나 베었다.

'금강신의체가 아니었다면.'

만약 그의 신체가 금강신의체에 달하지 못했다면 백은섭의 단검에 의해 너덜너덜해졌을 것이다. 빠른데다가 단검에 깃든 검강은 태무선의 금강신의체를 꿰뚫었다.

"후우우."

단검을 손에 쥔 백은섭의 시선이 태무선의 등을 노려보았다. 아홉 번째 호흡. 발끝에 힘을 준 백은섭이 몸을 움직였다.

슥—!

백은섭의 신형이 사방에서 모습을 드러냈다.

그의 신형이 여러 갈래로 찢어진 것은 아니었다. 당연히 분신술을 쓴 것도 아니었다.

극한에 다다른 백은섭의 엄청난 속도의 움직임에 의해 수십 개의 잔상이 나타난 것이다.

극에 달한 이형환휘가 이런 모습일까.

사방에서 나타난 백은섭이 단검을 휘두를 때마다 태무선의 온몸에 자상이 새겨졌다.

"후우."

열 번째 호흡. 백은섭은 바닥에 내려앉으며 단검을 앞으로 내밀었다. 그의 눈동자가 빠르게 흔들렸으나 그의 시선은 태무선에게 고정되어 있었다. 세상의 잡다한 모든 것을 지워내고 오로지 단 하나에 집중한다.

'사지를 끊어낸 후.'

팟—!

백은섭의 신형이 엄청난 속도로 나아갔다.

빛무리가 펼쳐지고 태무선의 팔꿈치, 어깨, 무릎과 허벅지에서 피가 튀어 올랐다. 지금껏 굳건히 몸을 지탱하고 있던 태무선의 다리가 휘청거렸다.

"후우우우우—!"

열한 번째 호흡.

백은섭의 눈동자에 태무선의 목덜미가 비춰졌다.

피를 흘리게 하여 움직임을 더디게 만든다. 그 후 사지를 끊어내어 도망칠 수도 막을 수도 없게 만든다.

그리고 마지막으로 목을 끊어낸다.

위험한 맹수를 잡아내기 위해선 신중해야 한다.

천천히 그리고 확실하게. 단검을 쥔 손에 힘을 주며 발끝에 체중을 모두 실었다.

"후우우."

열두 번째 호흡.

백은섭의 신형이 눈부신 속도로 쏘아졌다.

그리고 이를 지켜보던 태무선이 주먹을 앞으로 내밀며 두 다리를 이용해 신형을 힘껏 지탱했다.

"용연쇄격(龍嚥碎擊)."

정면으로 내달리던 백은섭의 단검은 한줄기의 빗살이 되어 태무선의 목덜미를 향해 뻗쳤다.

그러나 백은섭의 단검은 태무선의 목에 닿지 못했다.

천천히 뻗어진 태무선의 주먹에서 백은섭조차 감당할 수 없는 어마어마한 흡력이 느껴지며 백은섭의 단검이 빨려 들어간 것이다.

'괴물이라.'

어릴 적.

평범한 아이였던 백은섭이 여덟 살이 되는 해에 그는 더 이상 평범한 아이가 아니었다.

그날은 유독 비가 많이 내리는 날이었다.

죽립을 쓰고 비를 피하는 이들로 북적이는 거리를 벗어나 집으로 가는 중이었다. 평소 친분을 갖고 지내던 아저씨에게 화과를 받아 기분이 좋은, 그야말로 운이 좋은 날이었다. 화과는 가난한 집의 아이였던 그가 맛보기엔 너무도 귀한 음식이었으니.

우르릉—!

하늘이 번쩍였다.

푸른색의 창광이 그의 머리를 울렸고, 고개를 드는 순간 백은섭의 두 눈동자가 밝게 빛났다.

번쩍—

번쩍?

"하악— 하악—!"

멈춰 있던 심장이 천천히 뛰기 시작했다.

손을 들어 억지로 가슴을 쳐대자 심장박동이 원래대로 돌아오기 시작했다. 세상이 핑핑 돌았고, 어린 백은섭이 할 수 있는 것은 눈물로 얼룩진 얼굴로 집으로 돌아가는 것뿐이었다.

그땐 빗줄기가 내리는 모습이 선명하게 보였다.

"으으……."

비틀거리며 겨우 집으로 다다른 백은섭은 열린 문틈 사이로 비춰진 붉은 피를 발견했다.

번개에 맞은 탓인지 귀는 멍멍했고, 시야는 흐렸으나 소년의 눈동자엔 술에 취한 남자와 그의 앞에 쓰러져 있는 여인의 모습만큼은 선명했다.

"시x… 빌어먹을……."

중년의 남자가 붉어진 안광을 번뜩이며 백은섭을 응시했

다. 참으로 애꿎은 일이었다. 축복이나 다름없는 하늘이 내려준 기적적인 재능을 가장 비극적인 순간에 각성하였으니.

뒤통수를 때리는 굵은 빗줄기. 자신을 향해 입을 벌리는 중년의 남자와 그의 입에서 천천히 튀어나가는 침.

중년인의 손등에 튀어나온 핏줄이 꿈틀거리며 근육의 움직임과 관절이 꺾이는 것이 생생하고 아주 느릿하게 보였다. 머리에 꽂힌 번개는 소년의 세상을 바꾸어 놨다.

남들과는 다른 시간 속에 살게 된 소년은 그날로 더 이상 평범한 소년이 될 수 없었다.

괴물. 소년은 스스로를 괴물이라고 칭했다.

축복인지 저주인지 알 수 없는 뢰(雷)를 삼킨 아이는 다른 세계 속에 들어가는 축복을 받는 대신, 그 외의 모든 것을 잃었다. 과거 회상은 이쯤으로 하자. 지금은 또 다른 괴물을 맞이해야 했으니.

"후읍!"

짧은 열세 번째 호흡.

백은섭은 몸을 기울이며 자신의 검끝을 태무선이 내미는 주먹의 끝자락에 억지로 맞춰 끼웠다.

쫭—!

형언할 수 없는 거대한 이끌림에 저도 모르게 끌려간 백은섭의 신형이 빠르게 밀려났다.

"쿨럭!"

기침을 토해낸 백은섭은 입가에 흐르는 핏물을 소맷자락으로 닦은 후 칼자루만이 남아 있는 자신의 단검을 내려다보았다.

"이런… 여분은 안 가지고 왔는데."

칼날을 잃은 단검을 바닥에 내던진 백은섭이 양쪽 허리에 두 손을 얹은 채 태무선을 바라봤다.

그는 아쉽다는 듯 주먹을 폈다 접었다를 두어 번 반복한 후, 백은섭을 향해 재차 손을 내밀었다.

"아아. 미안 더 이상은 못 싸우겠는걸. 단검도 없고, 이렇게 오랫동안 움직여 본 것도 오랜만이라 온몸이 뻐근해 죽겠거든."

"네가 죽으면 사악교의 교주도 움직이겠지?"

"흐음."

백은섭이 턱을 쓰다듬며 고심에 찬 표정을 지었다.

"아마 림주님은 움직이시겠지만, 교주는 모르겠는걸. 워낙 바쁘신 분이라서 말이야."

"림주라면, 비림이라는 곳의 수장인가?"

"응. 한 번도 각을 떠나신 적은 없으신데… 내가 죽으면 가만히 계시진 않겠지. 자신이 아니면 나를 죽인 이를 상대할 순 없을 테니까."

"그럼 림주를 죽이면 교주도 가만히 있진 못하겠군."

"그렇지. 우리 비림이 사악교에서도 꽤나 큰 비중을 갖고 있다니까."

"으음. 시간을 단축할 수 있겠어."

슥一!

태무선이 몸을 움직이자 백은섭이 빠르게 뒤로 물러섰다.

"미안하지만, 여기서 죽어 줄 수가 없겠네. 동귀어진을 할 만큼 충성스럽지 못해서 말이야."

소안귀검이라는 별호답게 얼굴에 웃음기를 가득 담은 백은섭이 연기처럼 흩어지며 사라졌다. 곧이어 태무선의 팔방에서 백은섭의 목소리가 울려 퍼졌다.

"다음에 보자고 태무선. 그때는 지금보다 재미있을 거야!"

백은섭의 목소리는 점점 작아졌고, 곧 사라졌다.

태무선은 굳이 백은섭을 쫓지 않았다.

아니, 쫓지 못했다. 상대는 은섬의 직속상관이자 그녀조차 이기지 못하는 살수였으니. 그런 백은섭이 마음먹고 도망친다면 태무선은 쫓지 못하리라.

"쯧. 이걸로 어느 정도는 가려워졌겠지."

백은섭을 죽이지 못한 것은 아쉬웠지만, 크게 안타까워하지는 않았다. 어차피 태무선의 본 목적은 사악교의 교주인 구황경을 드러내는 것. 아랑단주인 백은섭의 생사는 크게 관심이 없었다. 그저 그를 죽임으로써 구황경에게 더욱 가까이 다가갈 수 없게 된 것이 아쉬울 뿐.

"가서 잠이나 자야지."

태무선은 몸에 흐르는 피를 대충 닦고 전장을 벗어났다. 그가 떠나간 자리에는 죽임을 당한 살수들이 흘린 피가 길게 이어졌다.

"괜찮으십니까?"

전장을 벗어난 백은섭에게로 다가온 비림의 살수들이 백은섭의 주변을 에워쌌다.

"아니, 하나도 안 괜찮아."

백은섭의 몸이 휘청이자 살수들이 다급하게 그를 부축했다.

"자리를 옮기겠습니다."

살수들의 부축을 받고 객잔으로 돌아온 백은섭은 푹신한 침대에 몸을 눕혔다.

손끝이 떨리고 숨을 쉴 때마다 폐부가 찢어지는듯했다.

"크흑!"

지금껏 뢰신무(雷身武)의 열세 번째 호흡까지 간 적은 손에 꼽을 정도였다.

뢰신무는 한 번의 호흡마다 몸에 엄청난 부담을 주기 때문에 열 번의 호흡을 넘기지 않아야 하는데, 오늘 열세 번째 호흡을 했음에도 태무선의 몸엔 별다른 부상을 입히지 못했다. 오랜만의 실수. 백은섭이 쓴 웃음을 지었다.

"오랜만에 실수했네."

두 번의 실수가 태무선의 목을 취하는 것을 불가능하게 만들었다.

한 번의 실수는 태무선의 권격에 담긴 힘을 미처 파악하지 못한 채 왼쪽의 단검을 잃은 것이고, 두 번째 실수는 오른쪽의 단검으로 태무선의 권격을 막은 것이다.

그때는 미처 몰랐으나 그 한 번의 방어로 단검의 칼날이 무뎌졌다. 덕분에 충분히 잘라냈다 생각했던 태무선의 사지를 충분히 잘라내지 못했다.

"후."

두 번의 실수. 비림에 들어와서 처음으로 저지른 실수였다.

"교주에게는 뭐라고 한담."

양손으로 머리를 감싸 쥔 백은섭은 짜증스럽게 두 눈을 감았다. 벌써부터 사악교주의 잔소리가 머릿속에서 울리는 것 같았다.

"에이 모르겠다. 어떻게든 되겠지."

*   *   *

화명산(花明山).

높게 솟아난 수개의 산과 봉우리에는 각양각색의 꽃이 피어 있다. 봄과 여름 그리고 가을과 겨울에는 각기 다른 꽃들이 피어났고, 언제 화명산을 방문해도 아름다운 풍경을 만끽할 수 있었다.

수많은 시인들과 방랑객들이 칭송을 마다하지 않는 화명산에 한 여인이 모습을 드러냈다. 머리부터 발끝까지 백색의 옷을 입은 여인은 백색에 가까운 자신의 은빛 머리카락을 휘날리며 화명산을 올랐다.

발걸음소리조차 들리지 않는 사뿐한 발걸음으로 걸어 올라간 여인은 기다란 장도에 손을 올린 채 바위로 만들어진 길의 끝에 섰다.

아무 말 없이 가만히 허공을 응시하고 있는 여인의 앞으로 꽃과 같이 화사한 무복을 입은 두 명의 여인이 모습을 드러냈다. 그녀들의 손에는 여지없이 화려한 꽃잎이 각인된 검이 들려 있었다.

"너는 누구냐."

꽃을 담은 듯 화사한 외양과는 다르게 여인들의 입에서는 차가운 목소리가 흘러나왔다.

"백화궁주를 만나러 왔다."

여인은 짧게 대답했고, 여인들은 서로를 응시한 후 검을 든 손에 힘을 주었다.

곧이어 선명한 검기가 그녀들의 검신에 넘실거리며 피어올랐고, 뒤이어 열 명의 여인들이 추가로 나타났다.

"백화궁은 외부인의 출입을 금지하고 있다. 돌아가라."

살의를 담은 경고.

열두 명의 검사가 한 여인을 에워싸고 기세를 풍겼으나, 여인은 눈 하나 깜박이지 않았다.

"백화궁주를 만나러 왔다."

여인의 대답은 같았고, 그를 에워싼 여인들의 손에선 더욱 짙은 검기가 흘러나왔다.

더불어 흘러나온 투기가 여인을 압박해왔다.

"마지막 경고다. 물러서라."

"마지막으로 말하지. 백화궁주를 만나러 왔다."

"화엽검진(花葉劍陣)을 펼쳐라!"

열두 명의 검사들이 각각 두 개의 조로 나뉘어졌다.

여섯 명의 검사들은 여인에게서 열 걸음 정도의 거리를 두고 에워싸고, 나머지 여섯 명은 그들의 뒤에 서서 검기를 일으켰다. 자신을 둘러싼 여인들의 검진을 가만히 응시하던 여인은 여전히 검을 뽑아들지 않았다. 그저 무언가를 기다리는 듯 길의 끝을 바라보며 서 있을 뿐.

화엽검진을 펼친 여인들은 서로의 눈빛을 교환했다.

대화는 필요하지 않았다. 그저 수년 혹은 수십 년을 연습해온 검진을 최선을 다해 펼치는 것뿐.

열두 명의 검사가 유려한 몸짓을 뽐내며 검을 휘두르려
는 순간, 어디선가 한 여인의 우렁찬 목소리가 들려왔다.

"그만!"

그만이라는 고함성과 함께 열두 명의 검사가 검을 거두
며 물러섰다. 마치 한 몸인 것마냥 움직이는 여무인들에게
서는 그간의 수련의 성과가 엿보였다.

한편 길의 끝자락에서 나타난 여인은 백화궁의 검사들에
게 둘러싸인 채 서 있는 백발의 여인을 응시했다.

"그 여인을 백화궁으로 들여라."

백화궁의 검사들에게는 이해할 수 없는 명령이었지만,
그녀들에겐 이해는 필요 없었다.

맹목적인 믿음과 충의로 무장한 검사들은 검을 거두고
언제 그랬냐는 듯 백의의 여인을 백화궁으로 안내했다.

그들을 따라 화명산의 정상에 오르니, 백의를 입고 백발
의 머리카락을 지닌 여인은 백색으로 지어진 커다란 궁
(宮)을 마주하게 되었다.

중원에서도 아는 이는 있어도 실제로 본 이는 아무도 없
다는 새외세력의 주축 중 하나.

백화궁(白花宮)이었다.

* * *

"난 백화궁의 소궁주 진사은이라고 한다."

"아랑단의 부단주 은요입니다."

"중원무림에 대해서는 까막눈이라고 할 수 있는 나조차도 비림에 대해서는 들어보았지. 백귀라고 불리는 아랑단의 부단주에 대해서도."

진사은과 은요의 곁으로 다가온 두 명의 여 하인은 부드러운 손짓으로 진사은과 은요의 찻잔에 향긋한 차를 따라주었다. 따스하고 꽃잎의 싱그럽고 향긋한 향이 찻잔을 타고 흘러나왔다.

그러나 따스한 차의 온기와는 달리 은요의 얼굴에선 냉랭한 냉기가 뿜어져 나왔다.

"비림의 살수들에게선 감정을 느껴볼 수 없다고 하던데. 너를 보아하니 그게 정말인 듯싶구나."

품속에 손을 넣은 진사은은 품속에서 하나의 단검을 꺼내어 탁자 위에 올렸다.

검신에서부터 단검의 손잡이까지 하얀색의 단검. 백색의 단검은 마치 진사은의 앞에 앉아 있는 은요를 닮아 있었다.

"궁주님의 침소에는 어떻게 들어갔느냐."

"알려준다 하여 의미가 있겠습니까."

은요의 대답에 잠시 말이 없던 진사은이 고개를 끄덕였다.

"하긴, 그렇겠지."

방법을 안다고 해서 은요를 막을 순 없을 것이다. 그러니 방법을 알아봤자 의미는 없을 터.

굳은 표정의 진사은이 입을 열었다.

"궁주님을 뵈었을 테니 현 본궁의 상황은 누구보다 잘 알고 있을 테지."

은요는 대답 대신 고개를 끄덕였다.

그녀는 백화궁의 궁주실을 잠입했고, 죽은 듯이 잠들어 있는 궁주의 침소에 단검을 놓아두었다.

자신을 나타나는 백색의 단검.

살수가 단검을 놓아두고 그냥 가는 것은 경고를 의미했다. 그것도 하나뿐인 목숨을 향한 경고. 경고를 마친 은요는 백의를 차려입고 백화궁을 찾아왔다.

복잡한 얼굴을 하고 있는 진사은을 향해 은요가 닫혀 있던 입을 열어 말했다.

"제가 찾아온 이유에 대해서는 현 백화궁의 실질적인 지도자인 소궁주께서 더욱 잘 알고계시겠지요."

"사악교에 협력하기를 바라는 건가."

은요는 침묵했지만, 소궁주는 그녀가 무엇을 말하려는지 알 것만 같았다.

"우리 백화궁은 중원무림의 주인이 누가 되느냐는 관심이 없다. 오직 백화궁의 안위 외에는… 어찌 보면 비겁하다 생각하겠지. 하지만 이것이 나와 백화궁이 살아가는 방식이다."

"본교의 교주께서는 잠재적인 위협을 그냥 놔둘 생각이 없으십니다. 백화궁은 세간에 알려진 정보가 거의 없는 새외세력. 그러나 백화궁의 무력은 그냥 지나치기엔 위험한 느낌이 있습니다."

"내가 협력하지 않겠다면?"

"앞서 말씀드린 것처럼 교주께선 가만히 계시지 않을 겁니다. 비림의 살수들을 동원하여 백화궁의 고수들을 암살할 것이며, 백화궁이 사악교의 앞에 엎드리기 전까지… 기둥 하나 남기지 않을 겁니다."

백화궁의 안방에서 이러한 얘기를 늘어놓는 무뢰배를 과거의 백화궁이라면 용서하지 않았을 것이다.

그들의 궁이 세워진 화명산의 높이만큼이나 백화궁의 자긍심은 하늘을 찌르고 있었기에.

그러나 진사은은 별다른 말을 하지 않았다. 말을 아낀 채 자신의 앞에 앉아 있는 백의의 여인을 응시했다.

"사악교주가 우리에게 바라는 것은 무엇이지?"

"무조건적인 협력입니다. 힘이 필요할 땐 힘을 빌려주고, 정보가 필요할 땐 정보를 내어줘야 합니다."

"그래서 백화궁이 얻는 것은 무엇이냐."

"모든 것."

"모든 것?"

"협력을 약속한다면 사악교는 백화궁을 건들지 않을 겁니다. 백화궁이 안전하다는 것. 그것이… 백화궁에겐 모든 것이나 다름없지 않습니까."

하나부터 열까지 은요의 말 중에는 틀린 말이 없었다.

빈틈을 찾아볼 수 없는 철옹성과 같은 존재.

마치 태어나는 순간부터 완벽하게 끼워진 조각처럼 은요에게선 틈을 찾아볼 수 없었다.

"시일은 얼마나 줄 수 있지? 나는 본 궁의 소궁주지만, 백화궁의 모든 결정권을 가진 이는 궁주님이다. 하지만 너도 보았다시피……."

"백화궁주님은 움직일 수 없는 겁니까."

"사맥(死脈). 궁주님께서는 지금 외로운 싸움을 하고 계시는 중이다. 전 중원을 돌아다니며 사맥을 치료할 수 있는 약초들을 구해 보았지만, 궁주의 사맥은 치료할 수 없었지."

소궁주인 진사은이 중원을 돌아다니며 사맥에 도움이 될 거라는 약초란 약초는 죄다 구해 봤지만 궁주의 사맥은 치료되질 않았다.

"시일은 한 달. 그 이상은 주지 않을 겁니다."

"한 달……."

결코 충분치 않은 시간이었다.

백화궁 내부에서도 긴 회의를 거쳐야지만 오랜 전통과 역사를 깰 수 있을지 없을지 모르는 상황에서 겨우 한 달 안에 사악교에 대한 답을 내려야 했다.

단호하기 그지없는 은요의 눈빛에서 협상의 여지가 없음을 느낀 진사은은 고개를 끄덕였다.

"다른 방법이 없겠지."

은요는 익숙한 침묵을 유지했다.

*　*　*

"히익! 괜찮으세요?"

유선은 온몸에 붕대를 감고 있는 태무선을 발견하고는 눈을 동그랗게 치켜떴다.

누가 감히 태무선의 몸에 상처를 만들어 낸 걸까.

수십, 수백의 사파 무인들도 해내지 못한 것을 누가 해낸 것인가. 짧은 시간 동안 유선의 머릿속에는 수만 가지 의문점이 치솟았다.

"아랑단주."

태무선은 아무렇지 않게 대답했고, 그의 대답을 들은 유선이 헛바람을 들이켰다.

"헙! 아, 아랑단주라면 그 비림의… 아랑단주요?"

"응."

"아랑단주는 어떻게 됐죠?"

"도망쳤어."

"아……."

아랑단주를 잡지 못한 것은 아쉬울 따름이지만 그마저도 매우 놀라운 일이었다.

한 문파의 수장을 아무렇지 않게 암살해낸 최강의 살수라 불리는 아랑단주와 싸워 큰 부상 없이 그를 도망치게 만들다니. 엄청난 일이었다.

게다가 아랑단주가 정정당당한 싸움을 했을 리는 없으니 살수들과 온갖 함정들이 존재했을 것이다.

그럼에도 태무선은 아랑단주를 쫓아냈으니 유선이 놀라는 것도 무리가 아니었다.

"많이 다치지는 않으셨어요?"

유선이 호들갑을 떨며 다가와 몸을 위아래로 살피자 그녀가 귀찮아진 태무선이 손을 위아래로 흔들었다.

"괜찮아."

아랑단주의 얘기를 듣고 몹시 흥분해버린 유선을 뒤로한 채 돌아선 태무선은 한 가지 고민이 생겼다.

'그놈들이 나서면 귀찮아지는데.'

비림의 살수들이 본격적으로 움직이면 귀찮아질 수밖에 없었다.

백은섭이 각 문파의 수장들을 차례대로 암살이라도 한다

면, 중소문파들은 긴장하며 또다시 음지로 숨어버릴게 분명했다.

"시선을 내 쪽으로 돌리게 만들어야겠군."

중소문파들을 지키기 위해서는 방법이 하나밖에 없었다. 그것은 바로 비림의 살수들과 사악교의 시선을 자신에게로 돌리는 것이었다.

"여기는 이쯤하면 되겠지?"

이 근방의 사파 문파들은 죄다 십일문연합에게 덤볐다가 멸문지화를 당하거나 자멸했다. 이제는 꽤나 많은 문파들이 모여들어 세를 넓히고 단단하게 만들어놨으니, 당분간은 십일문연합은 걱정할 필요가 없었다.

이제 떠날 때가 온 것이다.

　　　＊　　＊　　＊

"뭣이!? 그게 사실이냐?"

"그렇습니다."

"맙소사!"

공유도가 허겁지겁 달려 나와 짐을 꾸린 채 떠날 준비를 하고 있는 태무선에게로 달려갔다.

"아이고 대협! 설마 떠나시려는 겁니까!?"

"응."

"대협이 떠나시면 저희는 어떻게 하란 말입니까? 여기 모인 모두가 대협을 믿고 십일문연합을 만들고 사악교에 대항하였습니다. 하지만 대협이 안 계시면……."

공유도가 말을 하진 않았지만, 그가 말하고자 하는 바는 분명했다. 십일문연합의 시작이 태무선이었으니, 그가 계속 함께 하기를 바란 것이다.

그도 그럴 것이 흑도무림의 공격을 실질적으로 막아낸 것은 십일문연합이 아니라 태무선이었고, 어디까지나 십일문연합은 좋은 먹잇감에 불과했던 것이다.

이를 모를 리 없는 태무선이 떠난다니 공유도의 안색이 새파랗게 변하는 것도 당연했다.

하지만 태무선은 냉정했다.

"지금부터는 너희가 지켜나가야지."

"저희는 그럴 힘이 없습니다."

"그럼 죽어야지."

"예…? 어찌 그런 무책임한……."

"힘이 없으면 죽는 게 중원무림이라고 입이 닳도록 말하던 쪽은 너희들이야. 게다가 내가 계속 이곳에 있다 보면 너희는 비림의 살수들을 상대해야 해."

"비, 비림……!"

십일문연합의 연합장인 공유도가 비림을 모를 리가 없었다. 그는 최악의 살수조직인 비림을 상대해야 한다는 태무

90

선의 말에 사색이 된 얼굴로 복잡한 눈빛을 띠었다.

"그럼 이젠 어디로 가시는 겁니까?"

"사악교의 눈에 잘 띌 만한 곳으로 가야지."

짐을 챙긴 태무선과 마찬가지로 여정을 떠날 준비를 마친 유선과 현각이 태무선에게로 다가왔다. 그들의 역할은 어디까지나 태무선의 길잡이였다.

"이젠 어디로 모실까요?"

오랜만의 여행이라서 그런지 유선의 목소리가 살짝 들떠 있는 듯 했다.

"흠."

사실 어디로 가든지 상관없었다. 중원 어디를 가든 사악교의 영향력이 안 뻗치는 곳이 없었으니, 지도의 아무 부분이나 가리키고 출발해도 되는 일이었다.

"일단 내려가자."

"알겠습니다!"

유선이 길잡이를 자처하며 앞장섰고, 그녀의 뒤를 태무선과 현각이 뒤따랐다. 현각은 자신의 옆에서 평온한 얼굴로 걷고 있는 태무선을 조용히 곁눈질했다.

'아랑단주와 싸운 지 일주일이 채 지나지 않았는데…….'

태무선의 몸 상태가 꽤나 깨끗했다. 상처는 깊지 않았는지 온몸에 매여 있던 하얀 붕대도 풀어 버린 지 오래였다.

'마교의 교주가 가진 힘이 상상 이상이로구나.'

마교의 교주라면 강대한 힘과 무공을 가지고 있는 것은 당연했다. 흑도무림의 정점이자 정수였던 마교는 그야말로 약육강식의 세계였으니, 교주가 그중에서도 가장 강한 것은 당연한 일. 그럼에도 현각이 놀란 것은 상대가 아랑단의 단주 소안귀검 백은섭이었기 때문이었다.

'평범한 싸움은 아니었을 텐데.'

분명 정정당당하거나 평범한 싸움은 아니었을 것이다.

그럼에도 태무선은 돌아왔고, 아랑단주는 도망쳤다. 그것이 시사하는 바는 결코 적지 않았다.

'어쩌면⋯⋯.'

현각이 주먹을 강하게 말아 쥐었다.

집행자

　십일문연합을 떠나온 지도 일주일이라는 시간이 더 흘렀다.

　그동안 태무선과 유선 그리고 현각은 쉼 없이 남하(南下)하였고, 그 과정에서 사파의 무인들을 여럿 만나게 되었다. 물론, 그들의 끝은 결코 좋지 못했다.

　"후우. 역시!"

　유선은 반짝이는 눈길로 태무선을 응시했다.

　범을 알아보지 못한 쥐새끼들이 여럿 덤벼들었다.

　그들은 범의 손짓 한번에 찢겨져 싸늘한 시체가 되어버렸고, 유선은 그런 태무선의 무위에 심취했다.

'강해!'

아무렇지 않게 사파의 무인들을 도륙하는 태무선은 강자, 그 자체였다.

"다음엔 부디……."

한편 현각은 여전히 복잡한 시선으로 목숨을 잃은 사파의 무인들을 내려다보았다. 그들은 각기 병장기를 들고 있었으나, 대부분의 무기가 박살난 채로 널브러져 있었다. 모두 태무선의 작품이었다.

"조금만 더 내려가면 쉴 곳이 있을 거예요. 가죠!"

유선은 들뜬 목소리로 태무선을 잡아 이끌었고, 태무선은 바람에 날리는 연처럼 유선의 손길에 이끌려 앞으로 걸어갔다.

태무선과 유선이 앞서 가는 바람에 더 이상 가만히 서 있을 수 없었던 현각이 죽은 사파 무인들을 향해 짧은 묵념을 남긴 후 발걸음을 재촉했다.

"잠시 쉬었다 가도 괜찮을까요? 사례는 해드리겠습니다."

유선이 주머니에서 은자 몇 개를 꺼내어 내밀자 마을의 촌장으로 보이는 중년의 남자가 잠시 고민하더니 고개를 끄덕였다.

"워낙 작은 마을이라 변변치 않을 테지만… 쉴 곳과 먹을 것을 좀 내오겠습니다."

"감사합니다!"

촌장이 은자를 받고 쉴 곳과 먹을 것을 마련하려 떠나자 유선이 폴짝거리며 태무선과 현각에게로 다가왔다.

"다행이에요! 쉴 곳과 먹을 것을 내어준다네요."

고개를 끄덕이는 태무선을 보며 유선은 막힌 가슴을 쓸어내릴 수 있었다.

사실, 길잡이를 자처하며 앞장을 선 유선은 지도를 잘못 보는 바람에 전혀 엉뚱한 방향으로 길을 내려오고 말았다. 그녀는 이따금씩 나타나는 사파 놈들 때문이라고 주장하고 있었지만, 현각과 태무선은 유선이 지도를 보는 대신 감에 의존하여 길을 내려왔음을 알고 있었다.

어찌되었든, 자신의 실수로 객잔에 도착하지 못한 유선은 급한 대로 작은 마을을 찾아 쉴 곳을 마련하는데 성공했다.

"이곳입니다. 얼마 전에 떠난 가족 내외가 쓰던 집인데, 지금은 주인이 없으니 부담 없이 쓰셔도 됩니다."

"감사해요!"

"누추하지만 편히 쉬다 가십시오."

촌장이 안내한 집은 꽤나 단출한 나무집이었다.

다행히 방이 두 개 있었고, 각각의 방에는 침대가 마련되어 있었다.

현각과 유선이 같은 방을 쓸 테니 태무선에게 방 하나를 내어주려 했으나, 태무선은 굳이 그럴 필요 없다며 현각과 같은 방을 쓰기로 하였다. 도사였던 현각도 다 큰 여인과 한 방을 쓰는 것이 좀 그랬는지 태무선의 제안이 좋겠다며 그와 함께 같은 방에 짐을 풀었다.

"한 가지 여쭈어보고 싶은 게 있습니다. 괜찮으시겠습니까?"

현각의 정중하지만 딱딱한 목소리에 태무선이 얼마 없는 짐을 대충 내려놓으며 말했다.

"뭔데?"

"사파의 무인들은… 사파에 소속되기 이전에 저희와 같은 인간이지 않습니까."

"그렇지."

태무선이 그게 뭐 어쨌냐는 듯한 얼굴을 하자 현각이 고개를 가로저었다.

"아닙니다."

현각에게는 할 말이 아직 남아 있는 듯 했지만 태무선은 굳이 묻지 않았고, 둘은 별다른 대화 없이 자리를 잡고 잠을 청했다.

침대는 성인 남자 두 명이 눕기에는 협소했기에 현각은 야영을 할 때 쓰이는 모포를 바닥에 깔아 누웠다.

'저자는 마교의 교주다.'

비록 동행하며 목적을 같이 하는 동료라지만 현각은 태무선이 마교의 교주라는 것을 잊지 않았다.

밤이 깊어질수록 반쯤 뜬 현각의 눈동자에 깃든 근심도 더욱 깊어만 갔다.

다음 날 아침.

일찍 잠에서 깬 태무선과 현각은 짐을 챙겨 바깥으로 나왔다. 굳이 충분한 휴식을 취할 필요도 없었기 때문이었다. 유선은 그들보다 먼저 일어나 있었는지 세안을 마친 듯 깨끗하고 뽀얀 얼굴로 태무선과 현각의 앞에 나타났다.

"이번엔 지도를 샅샅이 훑었으니 이번엔 엉뚱하게 방향을 잃어버리진 않을 거예요!"

당당히 외치며 팔짱을 끼는 유선의 모습에 태무선과 현각이 알겠다며 나무집을 빠져나왔다.

그런데 마을의 분위기가 조금 이상했다.

촌장을 포함한 작은 마을의 주민들이 마을 중앙의 공터에 모두 모여 있었는데, 촌장의 얼굴에는 근심과 걱정이 가득했다.

"할당량에 훨씬 못 미치는 양이지 않은가?"

"그게… 멧돼지 놈들이 울타리를 부수고 들어오는 바람에 수확물의 절반가량을……."

"이런!"

촌장의 얼굴이 심히 어두워졌다. 그때 유선이 총총걸음

으로 촌장의 곁으로 다가왔다.

"무슨 걱정이라도 있으신가요?"

유선의 물음에 촌장이 살짝 놀란 얼굴로 유선과 태무선 그리고 현각등을 바라보다가 이내 고개를 가로저었다.

"외부인이 알 필요는 없는 일입니다. 떠날 준비가 되셨으면 이만 떠나시지요. 이런 누추한 마을에 더 있을 필요는 없지 않습니까?"

왠지 내쫓는 듯한 촌장의 말에 유선은 할 수 없이 하루 동안 쉴 공간을 내어준 것에 대한 감사를 전한 후 태무선과 현각에게로 돌아왔다.

"매정하네요. 요즘 중원이 흉흉하다지만… 은자를 두 개나 내어줬는데, 이렇게 일찍 내쫓을 필요는 없잖아요."

볼멘소리를 내며 볼을 부풀리는 유선의 모습에 태무선이 어깨를 으쓱이며 신형을 돌렸다.

"사정이 있겠지. 그럼 내려가자. 이제부터는 조금 빠르게 움직여야 할 것 같으니까."

"알겠어요! 맡겨만 주세요!"

지도를 펼친 유선이 마을의 동남쪽으로 손가락을 가리켰다.

"저쪽으로 내려가면 됩니다! 제가 앞장서죠."

유선이 경쾌한 발걸음으로 앞서가자 태무선과 현각이 유선의 뒤를 따라 발걸음을 옮겼다.

그런데 발걸음을 옮기던 현각이 발걸음을 멈추었다. 그의 곁으로 다가온 작은 꼬마아이 때문이었다.

"저기……."

"무슨 일이니."

현각이 작은 소녀와 눈높이를 맞추기 위해 자세를 낮추자 소녀는 쭈뼛거리며 조심스럽게 다가와 현각의 허리춤에 매여 있는 검을 가리켰다.

"혹시 무림인이신가요?"

"그래 나는 무당파의 도사인 현각이라고 한단다."

"무당…파?"

소녀가 무당파를 모른다는 것을 깨달은 현각이 미소 띤 얼굴로 소녀의 머리를 부드럽게 쓰다듬어주었다.

"그래."

"그렇다면… 오빠도 무공을 쓸 수 있으신가요?"

손을 조물거리며 수줍게 물어오는 소녀의 모습이 꽤나 귀엽게 느껴졌던 현각은 더욱 진해진 웃음을 머금고 말했다.

"응."

"그럼, 저희를 도와주세요."

"도와달라고?"

"네."

소녀의 작지만 똘망거리는 눈동자 속에서 깊은 공포를

엿본 현각의 얼굴이 순간적으로 굳어졌다. 무엇이 이 작은 소녀를 두렵게 만드는 걸까.

현각은 최대한 부드러운 목소리로 물었다.

"누가 널 괴롭히는 거니?"

"네⋯⋯."

"그게 누구인지 나한테 알려 줄 수 있겠니?"

현각의 질문에 우물쭈물하며 망설이던 소녀가 현각의 뒤를 향해 고개를 돌리더니 이내 몸을 파르르 떨었다.

그제야 소녀에게 두려움을 불러일으키는 존재가 나타났음을 깨달은 현각이 고개를 뒤로 돌렸다.

그리고 그곳에는 스무 명가량의 사내들이 서 있었다.

가장 앞쪽에 서 있는 사내의 얼굴에는 기다란 자상이 새겨져 있었고, 적갈색의 무복을 입고 있었다. 그들은 하나같이 검이나 도를 꼬나 쥐고 있었다.

"어이. 오늘이 약속한 날인 것은 알고 있겠지?"

"그⋯ 물론입니다."

촌장이 고개를 끄덕이며 덜덜 떨리는 손길로 주머니를 건네주었다. 이를 받아 든 사내는 주머니 속에 들어 있는 은화를 눈으로 세보더니 인상을 찡그렸다.

"겨우 이것뿐이야?"

"아아⋯ 이, 이것도 있습니다."

촌장이 품속에서 은자 두 개를 내밀자 이를 낚아챈 사내가 은자를 품속에 밀어 넣으며 얼굴을 구겼다.

"내가 할당량을 채우지 못하면 어떻게 한다고 했지?"

"이번에 멧돼지가 울타리를 부수고 나타나 수확물을 먹어치우는 바람에 할당량을 채우지 못했습니다. 제발 이번 한 번만 봐주십시오!"

촌장과 마을 주민들이 두 손을 싹싹 빌며 자비를 구걸하자 사내는 한 손으로 자신의 머리를 쓸어 올리며 썩은 이를 혓바닥으로 할짝거렸다.

"한 번만 봐 달라… 그거 알고 있나 촌장?"

"예?"

"너희 같은 놈들은 한 번 봐주다보면 두 번 봐줘야 하고, 다른 놈들도 내가 자신들을 한 번쯤 봐줄 거라고 생각하지. 이러면 사람들은 나태해질 수밖에 없어."

사내가 촌장의 뒷목을 붙잡고 촌장을 자신에게로 끌어당겼다.

"네놈들의 나태함 때문에 모두가 나태해진다는 거지. 어떻게 생각해?"

"하, 한 번만 봐주십시오! 다음번에는 꼭 할당량을 채우도록 하겠습니다!"

"그걸 내가 어떻게 믿어?"

"그……."

"뭐든 잘못에는 대가가 필요한 법이야. 너희는 내게 잘

못을 하였으니 이젠 대가를 치러야지."

사내가 손짓하자 다섯 명의 사내들이 박도를 들고 마을 주민들을 향해 다가갔다. 주민들은 공포에 질린 얼굴로 서로를 끌어안은 채 주저앉았다.

"자, 전번에는 두 놈을 썰었으니, 이번에는 다섯 놈을 썰어야 하나."

"제발 한 번만 봐주십시오!"

촌장이 사내의 다리에 붙들려 애원하자 사내는 발바닥으로 촌장의 얼굴을 짓밟아 누르며 침을 뱉었다.

"그놈의 한 번만, 한 번만! 내가 왜 그래야 하냐고!"

사내가 촌장의 얼굴을 짓밟자 촌장의 입에서 고통스러운 신음성이 흘러나왔다. 그때였다.

"넌 뭐야?"

"그러는 당신들은 누구신데 이 작은 마을의 주민들을 핍박하는 것이오?"

보다 못한 현각이 다가와 사내들을 막아섰다. 그러자 다섯 명의 사내가 검과 박도를 현각에게 겨누었다.

"이 새끼가 뒤지고 싶은 모양인데?"

"어디서 되먹지도 못한 놈이… 어라? 너도 무인이냐?"

사내들이 현각의 허리춤에 매여 있는 검을 발견하곤 꽤나 긴장된 얼굴로 묻자 현각이 자신의 검에 손을 올렸다.

"소인은 무당파의 도사요."

현각이 품속에서 무당파의 도인임을 나타내는 징표를 꺼
내들자 사내들이 주춤거렸다. 현 무림의 실세는 사악교라
고는 하나 무당파는 유구한 역사를 가진 무파(武派)였다.
한때나마 천하제일검을 배출해낸 적이 있는 무당파였기
에 사내들은 주춤거리며 뒤로 물러섰고, 촌장의 머리를 짓
밟던 사내의 얼굴이 한껏 굳어졌다.

"네가 무당파의 도사라고?"

"그렇소."

"무당파의 도사가 이곳엔 무슨 볼일이지?"

"잠시 지나가는 길에 이곳의 주민들께서 쉴 곳을 마련해
주었소. 더 이상 이 분들을 핍박한다면 소인도 가만히 있
진 않을 것이오."

현각이 내공을 끌어올리자 그의 무복이 펄럭거리며 강대
한 기운이 흘러나왔다. 무당파의 도사라는 것은 거짓이 아
니었는지 현각의 몸에서 청아하고 현묘한 기운이 넘실거
리며 뿜어져 나오자 사내들이 뒤로 물러서며 마른침을 삼
켰다.

상대는 무당파의 고수. 저들끼리의 힘으로는 상대할 수
없는 존재였다. 그때 촌장의 머리를 짓밟던 사내가 누런
이를 드러내며 눈살을 찌푸렸다.

"이건 무당파의 도사께서 끼어들 일이 아니오."

"소인이 보기엔 아닌 것 같소만."

현각이 기운을 거두지 않자 사내가 한숨을 픽— 내쉬며 촌장의 머리에서 발을 뗐다.

"나와 이들은 구개방의 무인들이고, 나는 구개방의 소방주 소태요. 그리고 이곳은 우리 구개방이 보호해 주는 마을이고."

"보호? 이게 어딜 봐서 보호란 말이오?"

"하… 무당파의 도사라 그런지 세상 물정 모르는군. 작금의 중원은 사악교의 통치 아래에서 미쳐 날뛰는 사파 놈들로 득실거리고 있소. 그런 상황에서 이렇게 작은 마을은 굶주린 사파 놈들에겐 식후 간식 같은 존재들이오."

이어지는 소태의 설명에 현각이 기운을 반쯤 거두었다. 그러자 소태가 더욱 빠르게 입을 놀렸다.

"우리가 아니었으면, 이 작은 마을은 진작 사파 놈들의 간식거리로 전락했을 거요. 그나마 우리가 있으니 이들이 먹고 자고 살 수 있단 말이오."

"그게 무슨… 그렇다면 왜 이들을 핍박하고 있는 것이오?"

"하! 답답하기 그지없군. 이들은 매달 우리에게 보호비를 바치고 있소. 미안하지만 이런 작은 마을이라도 보호를 해주기 위해서는 무인들이 필요하고, 그들을 먹이고 돈을 쥐어주려면 보호비를 받는 게 응당 당연한 대가요."

현각은 더 이상 할 말이 없었다. 소태의 말이 사실이라면 이는 정말로 현각이 끼어들 틈이 없는 상황이었다.

설명을 들은 현각이 기운을 거의 거두자 소태가 못을 박았다.

"아무것도 모르는 주제에 함부로 끼어들지 마시오. 애초에 무림맹이 정사대전에서 패배하지 않았다면, 이들이 이렇게 고통 받지도 않았을 테지."

부르르—!

소태의 비아냥에 현각의 주먹 쥔 손이 부르르 떨렸지만, 그렇다고 현각이 할 수 있는 것은 아무것도 없었다.

그의 말대로 정사대전에 패배하지 않았다면 사악교가 득세하지도 사파의 무인들이 작은 마을의 주민들을 핍박하지도 않았을 것이다.

"이제 알았으면 가던 길 마저 가시오. 우린 바쁜 몸이니."

더 이상 할 말도 할 수 있는 것도 없었던 현각이 이젠 기운을 완전히 거둔 채 돌아섰다.

그런데 돌아선 현각의 앞에 한 소녀가 서 있었다. 눈물로 얼룩진 얼굴을 한 채.

'저희를 도와주세요.'

소녀는 현각에게 그렇게 말했다. 만약, 보호를 받고 있는 게 사실이라면 소녀는 왜 현각에게 도움을 요청한 걸까. 단순히 사내들의 괴팍함에 생긴 두려움의 깊이가 아니었다. 현각은 소녀의 앞에 다가가 조용히 물었다.

"혹시 부모님이 계시니?"

소녀는 대답 대신 고개를 흔들었다.

"부모님이 돌아가셨니."

소녀의 고개가 끄덕여졌고, 현각의 손이 자신의 검으로 향했다.

"부모님이 누군가의 손에 의해 살해 당하셨니?"

소녀에겐 잔인한 질문이었지만, 할 수 밖에 없었다. 굵은 눈물방울을 흘리기 시작한 소녀가 고개를 끄덕였다.

이젠 마지막 질문을 할 차례였다.

"네 부모님을 죽인 이가… 내 뒤에 있니?"

소녀가 고개를 끄덕이며 소태를 향해 손가락을 들어올리는 순간, 현각이 몸을 회전시키며 검을 뽑아냈다.

청색의 검기가 사방으로 흩뿌려졌다.

부채꼴 모양으로 나아가는 검기에 미처 대비하지 못한 구개방의 무인들이 현각의 검에 베여 피를 흘리며 뒤로 밀려났고, 현각의 신형은 어느새 소태의 바로 앞까지 다가가 그의 멱살을 움켜쥐었다.

"네가! 저 아이의 부모를 죽였나!"

현각의 목소리에는 그전에는 느껴볼 수 없었던 매서운 분노가 느껴졌다. 무당파의 도사인 현각의 두 눈에서 짙은 살의와 분노를 느낀 소태가 몸을 벌벌 떨었다.

"자, 잘못 안 겁니다! 저는 저 아이가 누구인지도 모릅니다!"

"그걸… 내가 어떻게 믿지?"

소태가 했던 말을 그대로 돌려준 현각이 자신의 검을 소태의 목젖에 가져다댔다. 시퍼런 검기를 머금은 칼날이 목에 닿자 소태가 사시나무 떨 듯이 몸을 떨기 시작했다.

"한 번… 한 번만 봐주십시오! 대협!"

소태가 두 손을 빌며 애원하자 현각이 이를 바드득 갈았다. 하지만 현각이 예상치 못한 일이 있었으니, 그것은 구개방의 무인들은 한두 명이 아니라는 점이었다.

그들은 검기를 자유자재로 휘두르는 현각에게 감히 덤벼들지 못했으나 주민들은 아니었다.

그중에서도 가장 무력한 소녀에게로 다가간 구개방의 무인이 자신의 박도를 소녀의 목에 가져다대며 소리쳤다.

"이 도사 놈아! 당장 소방주님을 놔주지 못하겠느냐!"

등 뒤에서 들려오는 외침성에 고개를 돌린 현각은 자신의 실수를 깨닫고는 이를 바득 갈았다.

당장에라도 소태의 목을 베어버린 후 소녀를 구하러 가고 싶었으나, 살려달라고 애원하는 소태의 목을 차마 벨 수가 없었다.

"소녀의 목숨이 아깝거든 당장 소방주님을 놔줘!"

"개자식들……."

현각이 소태의 멱을 놔주자 자유의 몸이 된 소태가 뒷걸음질을 치며 현각을 욕했다.

"크윽! 개 같은 도사 놈! 네놈의 미련한 오지랖 때문에 이 마을은 더 이상 우리 구개방의 비호를 받지 못할 것이다!"

소태의 외침에 촌장이 사색이 된 얼굴로 애원했다.

"제발 그것만은 안 됩니다!"

촌장의 애원에 소태가 비릿한 미소를 지으며 촌장의 손을 짓밟으며 말했다.

"그래, 이래야지. 네놈들은 내 발 아래에서 기는 것이 가장 어울린다고. 이제부터 할당량을 두 배 올리도록 하겠다. 만약 그러지 못하면……."

퍼억—!

경쾌한 타격음과 함께 방금까지만 해도 소녀의 머리채를 잡고 목에 칼을 겨누고 있던 구개방의 무인이 바닥에 고꾸라졌다.

소리가 들려온 그곳에는 한 사내와 여인이 서 있었다.

"왜 안 오나 했더니 여기서 뭐해?"

태무선의 물음에 현각이 환해진 얼굴로 유선과 태무선을 번갈아봤다.

"오셨습니까."

"왜 안 따라오나 했더니. 이건 또 뭐야?"

태무선이 구개방의 무인들을 쭈욱 둘러보았다.

'저놈은 또 뭐야!?'

소태는 은근슬쩍 촌장의 손을 짓밟고 있던 발을 떼며 뒤로 물러섰다. 그러자 이를 지켜보던 유선이 손가락으로 소태를 가리키며 외쳤다.

"너 도망가면 죽는다."

유선이 고운 아미를 찡그린 채 소리치자 소태가 이를 악물었다.

"제길, 모두 도망……!"

콰아앙—!

소태가 도망치려는 방향을 향해 기다란 권기가 날아와 바닥을 터트렸다.

그 기운이 어찌나 강했는지 대지는 움푹 패고 초토화된 구덩이 주변으로는 실금이 그어지며 쩌적— 갈라졌다.

"히, 히익!"

무당파의 도사인 현각도 고수는 고수였지만, 흑의를 입은 사내의 힘은 상상을 초월했다.

'망했다!'

상대가 상대였기에 소태는 망설이지 않고 두 무릎을 바닥에 처박았다. 그리고는 양손을 들어 두 손에 불이 나도록 싹싹 빌기 시작했다.

"제발 한 번만 살려주십시오! 저희가 어리석었습니다!"

소태의 주변으로 모여든 구개방의 무인들이 저마다 두 손을 들어올린 채 목숨을 구걸하기 시작했다.

이를 못마땅하게 바라보던 유선이 태무선을 향해 고개를 돌렸다.

어디까지나 결정권은 태무선에게 있었다.

"내가 왜?"

태무선의 신형이 어느새 소태의 앞에 나타났다. 소태는 어벙한 얼굴로 고개를 들어 태무선을 올려다보았다.

"예……?"

"내가 왜 너희를 살려줘야 하냐고."

무미건조한 태무선의 목소리에 소태가 뒷걸음질을 치기 시작했다. 현각과는 전혀 다른 방응. 태무선의 눈동자에서는 진심이 느껴지는 듯했다.

"그, 그게… 다시는 이런 짓을 벌이지 않겠…습니다."

"지금껏 몇 명의 사람들을 죽여 왔지?"

태무선의 물음에 소태의 눈동자가 바빠졌다. 그의 눈은 쉴 새 없이 움직이며 변명거리를 찾는 듯했다.

대답이 길어지자 태무선이 소태에게로 바짝 다가섰고, 소태가 급히 외쳤다.

"두… 둘… 두 명! 그 이상은 죽인 적이 없습니다. 게다가 거기엔 사정이 있었……!"

퍽—!

소태의 삶은 그것으로 끝이었다. 유선은 소녀의 눈을 소매로 가려주었고, 현각은 복잡한 눈길로 죽은 소태를 내려다보았다. 태무선의 오른발은 가차 없이 소태의 머리를 날려버렸다.

그의 손속이 어찌나 냉정했는지, 소태가 죽는 순간 애원의 목소리를 높이던 구개방의 무인들이 얼어붙은 듯 멍하니 소태의 시체를 바라봤다. 그때 구개방의 무인 중 하나가 떨리는 목소리로 소리쳤다.

"우, 우리를 전부 죽이면 구개방이 가만히 있지 않을 것이오!"

"그래서?"

태무선의 물음에 무인은 더 이상 할 말이 없는 듯 입을 우물거리다 주민들을 가리키며 소리쳤다.

"구, 구개방이 없으면 이 따위 작은 마을은 더 이상 살아갈 수 없을 것이오."

"왜?"

"우리가 이들을 지켜주고 있었으니까! 소방주의 죽음을 안 구개방은 더 이상 이 따위 작은 마을을 지켜주지 않을 것이며 그렇게 되면 사파 놈들이 당장 이자들을⋯⋯."

"그건 네가 걱정할 필요 없어."

"뭐⋯ 뭐⋯⋯."

태무선은 입을 놀리며 벌벌 떨고 있는 무인에게로 다가

가 말했다.

"더 이상 이 근방엔 사파 놈들이 없을 테니까."

태무선의 손이 무인의 목을 잡아 들어올렸다.

"물론, 구개방도 포함해서."

새로운 동행

땅거미가 내려앉은 세상에서 객잔 바깥에 펼쳐진 세상을 가만히 응시하던 현각은 양손으로 머리를 쓸어 올렸다.

찬물로 세안을 연거푸 해보았지만 머리의 열은 내릴 기미가 보이지 않았다.

일류고수인 현각이 감기 따위에 걸린 것은 아니었다.

그저 이른 아침부터 지금까지의 일이 현각의 머릿속에서 떠나질 않고 맴도는 바람에 단전 속의 화기(火氣)가 머리까지 이른 것이다.

현각은 침대 대신 벽에 몸을 기대로 그대로 주저앉았다.

아직도 태무선과의 대화가 그의 머리를 떠나질 않고 계속 맴돌았다.

"굳이 죽이셔야 했습니까."

현각은 죽은 구개방의 무인들을 바라보며 침통한 표정을 지었다. 그리고 그들의 죽음이 마치 자신의 책임인 것만 같이 느꼈다.

"그럼?"

태무선의 반문에 현각이 소태의 시신을 내려다보며 말했다.

"그는 자신의 잘못을 뉘우치며 목숨을 구걸하였습니다. 물론 이자의 잘못은 분명했으나, 죽임 말고 다른 방법이 있었을 겁니다."

"그래서 놔줬어야 했다는 건가."

"무공을 폐할 수도 있었고, 구개방을 찾아가 경고를 해줄 수도 있었습니다. 저희는 살인마가 아니기에 용서를 해줄 수 있지 않았습니까."

"용서라… 우리가 무슨 자격으로?"

이어지는 태무선의 물음에 현각은 망치로 머리를 얻어맞은 듯한 느낌을 받았다.

용서.

현각은 소태와 구개방의 무인들을 용서해 주길 바랐다.

그런데 태무선은 물었다. 우리가 무슨 자격으로 그들을 용서해줄 수 있느냐고.

현각은 말이 나오질 않았다.

"죽은 건 네가 아니야. 그런데 죽은 이들의 죽음에 대한 죗값을 왜 네가 정하고, 용서하려고 하는 거야?"

"그건……."

사고가 정지한 듯 아무 생각도 나질 않았다.

"넌 이 녀석의 죗값을 용서할 자격이 없어. 그건 나도 마찬가지고. 우리가 이놈들을 살려두는 것으로 다른 죄 없는 이가 죽을지도 모르지. 어쩌면 저 아이가 죽을지도 모르는 일이고."

"하지만… 그렇다고 당신이 이 자들을 죽일 자격이 있는 것은 아니지 않습니까."

"맞아."

태무선은 순순히 인정했다. 자신 또한 소태를 죽일 자격이 없음을.

"나는 그저 죽어도 될 만한 놈을 죽인 것뿐이야. 이놈에 대한 용서는… 이 녀석에게 죽은 이들이 대신해 주겠지."

이 말을 끝으로 태무선은 몸을 움직였다.

그 이후로는 꽤나 바쁘게 움직여야 했다.

이 일대에 존재하는 사파 문파들을 찾아갔고, 어김없이 무력을 행사했다.

그중에는 구개방도 포함되어 있었다.

뒤늦게 된 사실이지만 구개방은 소태가 떠들던 사파 놈들과 같은 사파의 길을 걷고 있던 문파였다.

그들은 크고 작은 마을에 비호를 명목으로 보호세를 걷고 있었는데, 모두 흑도무림의 사파문파들이 저들끼리 짜고 행한 짓들이었다.

'언젠가 네가 세상으로 나가게 된다면, 마음을 굳게 다잡아야 할 것이다.'

그의 스승은 현각에게 한 가지 충고를 해주었다.

'네가 지금껏 배워온 모든 것들을 부정당할 것이니.'

스승의 말은 옳았다. 현각은 그가 배워온 모든 가르침을 부정당하는 중이었다.

무엇이 옳고, 무엇이 그른가. 사람과 선과 악을 무엇으로 판가름할 수 있는가.

과연 내겐 악인을 용서할 수 있는 자격이 있는 건가. 내가 악인에게 베푸는 자비는 과연 누굴 위한 자비인가.

잠들지 못하는 현각을 뒤로한 채 어둑해진 하늘은 밝아져갔다.

* * *

"여기가 바로! 허창입니다."

하남성의 중앙부에 위치한 허창에 도착한 유선은 커다란 도시를 둘러보며 눈을 빛냈다.

아주 오랜만에 큼지막한 도시에 도착해서일까. 다른 작은 마을이나 도시들과는 달리 큰 대도시인 허창에는 활기가 넘쳤다.

"꽤 크네."

태무선은 주변을 둘러보며 지나다니는 주민들을 구경했다.

활기가 넘치는 이들이 바삐 움직이고 있었고, 장터에는 물건을 팔러 나온 상인들과 물건을 사러 나온 주민들로 북적였다.

시장을 지나 객잔으로 들어선 일행은 각자의 객실에 짐을 풀고 1층으로 내려와 모여 앉았다. 둥그런 탁자에는 접대용 차가 놓였다.

과연 대도시의 객잔답게도 사람들로 북적이고, 열 명의 점소이가 바쁘게 움직였다.

"이 근처에 패산문이 있어요."

"패산문?"

"원래는 정파소속의 문파였는데, 이제는 사악교의 아래로 들어간 변절자죠."

"흠."

"사실 패산문은 규모가 그다지 크지 않은 문파인데… 패산문의 문주인 패산철군(覇山鐵君) 곽도운의 무공실력이 무림오강에 다다랐다고 알려져 유명해 졌죠."

패산문의 문주인 패산철군이 녹림의 거웅 황룡산과 천기단주 혁우운이 속한 무림오강의 무인들과 비슷한 실력의 무공을 갖고 있다고 하자 태무선이 흥미를 보였다.

"꽤 강하다는 거지?"

"꽤가 아니라 상당히 강한 거죠. 무림오강은 말 그대로 현 무림을 대표하는 절대강자들을 뜻하는 거니까요."

사실상 알려지지 않은 은거고수들이 많은 무림이기에 무림오강이 가장 강하다고 할 순 없었지만, 그렇다고 무림오강의 힘과 이름의 무게는 결코 무시할 수 없었다.

게다가 패산철군 곽도운은 자신을 설득하러 온 사악교의 고수들의 삼분지 이를 으깨놓았다고 알려져 있어 더욱 유명해졌다.

"아직까지도 곽도운이 왜 사악교에 붙게 되었는지 알려진 게 없어요."

유선은 자신이 조사해온 패산문에 대한 정보를 내놓았다.

그 안에는 패산문의 문파원들의 숫자와 정보, 세간에 알려진 패산철군 곽도운에 대한 정보 등이 담겨있었다.

제갈원준만큼은 아니지만, 유선의 정보력은 꽤나 쓸 만

했다.

"패산문은 여기에서 얼마나 떨어져 있어?"

"떨어져 있다고 하기에도 민망할 정도로 가까이 있어요. 당장… 이 객잔에서 조금만 더 걸어가면 패산문이니까요."

"흐음."

생각보다 패산문은 가까이에 존재했다.

마음 같아서는 지금이라도 당장 패산철군을 만나보고 싶었으나, 태무선은 잠시 휴식을 취하기로 마음먹었다.

"잠시 쉬었다가 움직여야겠네."

"그럼 잠시 나갔다와도 되나요?"

"응."

유선은 옷이 더러워졌다면서 새 옷을 보기 위해 객잔을 빠져나갔고, 여정 내내 말이 없던 현각은 이만 올라가보겠다며 자신의 객실로 올라갔다.

구개방사건 이후로 부쩍 말이 없어진 현각이었다.

"패산철군이라."

태무선은 패산문의 정보가 담겨 있는 양피지를 돌돌 말아 품속에 밀어 넣은 후 찻잔을 기울였다. 차의 맛이 꽤나 썼기에 태무선은 인상을 한번 찡그린 후 고개를 돌렸다.

그가 고개를 돌린 곳엔 면사를 쓴 여인이 서 있었다.

"당신이 태무선인가."

태무선이 목소리를 따라 고개를 들자 여인과 태무선의 눈이 마주쳤고, 여인의 눈이 살짝 커졌다.

그녀는 희고 고운 손으로 면사를 벗었는데, 그 얼굴이 썩 낯익었다.

"우리가 만난 적이 있었나?"

태무선의 물음에 여인이 고개를 끄덕인 후 말했다.

"올라가지."

이 말을 끝으로 여인은 면사를 쓰고 계단을 따라 객잔의 삼층으로 올라갔고, 태무선은 순순히 여인의 뒤를 따라 그녀가 들어간 객실로 들어갔다.

객실로 들어온 여인은 면사와 머리 위까지 뒤집어쓰고 있던 장포를 벗었다.

그러자 백색과 분홍빛이 조화를 이루는 아름다운 비단옷이 모습을 드러냈는데, 정성을 다해 수놓아진 꽃잎들이 비단옷의 주변에 박혀 화사함을 더하고 있었다.

게다가 여인의 얼굴은 화사하고 아름다운 비단옷이 빛을 잃을 정도로 아름다웠다.

"우린 만난 적이 있지. 설마 네가 태무선이라는 마교의 교주일 줄은 몰랐다."

여인의 말을 듣고 있던 태무선은 인상을 찡그린 채 기억을 더듬었다.

잠시 동안 기억을 더듬던 태무선은 여인이 구유문이라는

거렁뱅이들과 시비가 붙었던 여인이라는 것을 기억해 냈다.

"그때……."

"그래. 네겐 작은 도움을 받았었지. 나는 백화궁의 소궁주, 진사은이다."

진사은과 마주 앉게 된 태무선은 커다란 눈을 깜박이고 있는 진사은을 가만히 응시했다.

보통 진사은과 같은 미인과 눈을 마주하고 있으면 민망해 할 법도 했으나, 태무선의 얼굴은 무미건조했다.

"그래서 날 찾아온 이유는?"

"그대의 힘이 필요하다. 듣자하니 마교의 교주인 태무선이라는 자가 사악교와 싸우고 있다더구나."

태무선은 백화궁의 정보력에 살짝 감탄했다.

무림맹이나 마교, 사악교에서는 태무선의 존재를 알고 있지만, 그 외의 곳에서 자신의 정체와 자신이 사악교와 싸우고 있다는 것을 알고 있을 줄은 몰랐던 것이다.

이런 태무선의 생각을 읽기라도 했는지 진사은이 자랑스레 말했다.

"우리 백화궁의 정보력을 얕잡아보지 말거라."

"그래야 할 것 같네. 그나저나… 내 힘이 필요한 이유가 뭐야?"

"사악교에서 전령이 찾아왔다. 우리에게 협력을 원하더

구나. 하지만 우린 중원무림의 정세에는 관심이 없다. 그
래서 거절하려 했지."

"하지만 거절하지 못한 거군."

"그래. 현재 백화궁의 궁주께서는 사맥(死脈)으로 인하
여 사경을 헤매고 계신다. 이런 상황에서 우린 사악교와
싸울 여력이 되질 않는다."

"그럼 그냥 사악교에 협력하면 되잖아."

"그게 그렇게 쉬운 문제가 아니다. 그들이 원하는 것은
우리의 무조건적인 협력. 관심도 없는 무림의 싸움에 백화
궁의 무인들을 희생시킬 순 없다."

백화궁의 소궁주인 진사은이 바라는 것은 단 하나였다.
그것은 바로 관심도 없는 중원무림의 싸움에서 백화궁의
무인들을 희생시키고 싶지 않다는 것이었다.

그러나 사악교에 협력하는 순간, 백화궁의 무인들은 어
쩔 수 없이 사악교의 편에 서서 무림맹과 마교에 대항해야
했다.

그 과정에서 백화궁은 의미 없는 희생을 치러야 할 것이
니, 진사은은 이를 막고 싶어 했다.

"백화궁에 주어진 시간은 한 달. 그 중에서 너를 찾느라
나는 일주일의 시간을 쓰고 말았으니, 이제 내게 남은 시
간은 겨우 삼 주밖에 없다."

"내가 어떻게 도와주길 바라는 거야?"

"백화궁을 돕겠다고 약조해 주거라. 마교의 교주로서."

"약조로는 백화궁을 지킬 수 없어."

태무선은 냉정하게 대답했고, 진사은은 자신도 알고 있다는 듯 고개를 끄덕이며 말했다.

"그건 나도 알고 있다. 우린 삼주 후, 사악교에 협조를 약속할 것이다. 하지만 이건 표면적인 약조일 뿐. 우리 백화궁의 정보력과 힘을 네게 빌려줄 테니 백화궁의 무인들이 의미 없는 싸움에 희생되기 전에…….

"사악교주의 목을 취해 달라."

"바로 그것이다. 보기보다는 똑똑하구나."

칭찬인지 욕인지 알 수 없는 말을 한 진사은은 품속에서 작은 책자를 꺼내어 태무선에게 내밀었다.

"이건 뭐야?"

"백화궁과 마찬가지로 중원무림에 발을 들이지 않은 새 외세력들에 대한 정보다. 그리고 도움이 될 만 한 강자들에 대한 정보도 함께 적혀 있지."

"중원무림에는 관심이 없다더니 아예 없는 건 아니었네."

"백화궁에 위협이 될 만한 이들의 정보는 알아야 했다. 눈에 보이는 위협부터 눈에 보이지 않는 위협까지. 하지만 사악교가 무림맹을 꺾을 거라고는 우리도 예상하지 못했다."

태무선이 조용히 고개를 끄덕였다.

무림맹의 패배는 태무선도 예상하지 못한 일이었다.

마교를 꺾고 무림의 실질적인 패자가 된 무림맹이 단 한 번의 전투로 패배할 줄 누가 알았겠는가.

"당분간 백화궁의 소궁주인 내가 너와 동행하며 힘을 빌려주겠다."

나쁜 제안은 아니었다.

사악교와 협력하게 된 백화궁에게는 어떤 식으로든 사악교의 정보가 흘러들어갈 테니.

게다가 진사은이 내민 정보들이 꽤나 도움이 될 법한 정보들로 가득했다.

"좋아. 하지만 백화궁을 완전히 지켜줄 수 있다는 약속은 나도 할 수 없어."

"그건 나도 알고 있다. 이미 각오한 일이기도 하고."

"그럼 그렇게 하지."

손해 볼게 없는 제안이었기에 태무선은 진사은의 동행을 허락했다.

곧이어 진사은이 내민 손을 향해 태무선이 손을 뻗었다.

백화궁의 소궁주와 마교의 교주가 손을 잡았다.

＊　　＊　　＊

"한 달을 줬으니 그 안에는 답을 내어주겠지. 게다가 네가 직접 궁주의 침소에 검을 꽂아놓고 나왔으니 그 녀석들도 뾰족한 방법은 없을 거야."

"예."

돌아온 백귀, 은요로부터 백화궁의 얘기를 전해들은 백은섭은 마차의 흔들림에 맞춰 몸을 위아래로 움직였다.

"안 물어보냐."

백은섭이 은근한 시선을 던지자 은요는 침묵하며 백은섭을 마주했다.

잠시 동안 정적이 이어졌고, 백은섭이 피식 웃었다.

"마교주의 목을 취했는지 안취했는지… 궁금하지 않냐고 묻는 거야. 네겐 꽤나 중요한 일일 텐데."

"어차피 교주님께 보고를 올릴 때 알게 되지 않겠습니까."

"쯧, 재미없는 녀석… 마교주는 안 죽였어. 못 죽였다는 게 맞지."

마교주가 살아 있다는 소식에도 은요는 동요를 보이지 않았다. 목각인형처럼 딱딱한 얼굴을 한 채 시선을 정면을 유지했다.

"하! 그놈, 오 년 사이에 더 강해졌더라고. 여분의 단검을 가져갔다면 어떻게 됐을 진 모르겠지만. 일단은 못 죽인 건 못 죽인 거니까."

"이대로 돌아가셔도 되는 겁니까."

"뭐가? 아… 어쩔 수 없지. 마교주는 이미 십일문연합을 떠났어. 그놈이 없는 중소문파의 연합체 따위는 없애도 그만, 안 없애도 그만이야. 문제는… 그놈이 남쪽으로 내려가면서 눈에 보이는 건 죄다 때려 부수고 있다는 거지."

백은섭이 자신의 손으로 귀를 후비며 인상을 썼다.

"교주의 잔소리가 벌써부터 들리는 것 같네. 일단 얼른 돌아가자. 보고할게 한두 가지가 아니니."

"알겠습니다."

백은섭의 얘기를 들었는지 마차를 이끌던 마부의 손길이 바빠졌다.

* * *

"저분이 누구라고요?"

"내 지인."

"하남 진가문의 여식 진가은이라고 한다."

진사은은 자신의 정체를 숨긴 채 진가은이라는 가명으로 자신을 소개했고, 유선과 현각은 의아한 얼굴로 진가은을 향해 포권을 건넸다.

"홍의방의 유선이라 합니다."

"무당파의 현각이라 합니다."

두 무인과 인사를 하게 된 진사은은 태무선의 곁으로 다가갔다.

"이제 우리는 무엇을 하지?"

"일단 패산문으로 갈 생각이야."

"패산문? 그곳도 사악교와 연관이 있는 것인가."

"원래는 정파소속의 문파였다더군. 이제는 사악교의 휘하로 들어갔지만."

"결국 정파에서 사파로 넘어간 건가."

"그런 셈이지."

이야기를 나누며 발걸음을 옮기던 태무선은 자신의 앞에 놓인 커다란 장원을 향해 고개를 들었다.

현판에 걸린 장원의 이름은 패산문(覇山門).

목적지에 다다른 태무선은 망설이지 않고 패산문의 정문으로 향했다. 그곳을 지키던 무인들이 손을 내밀어 태무선을 저지했다.

"이곳은 패산문이오!"

"응, 나도 알아."

퍼엉—!

압축된 공기가 한 번에 터지는 듯한 굉음과 함께 패산문의 정문이 박살났다.

그 사이로 나타난 것은 두 명의 사내와 두 명의 여인.

그 중에서도 가장 앞서 걷고 있던 사내의 눈에 패산문에서 수련을 하고 있던 무인들이 비춰졌다.

"이야 빠르네."

정문이 날아가는 것과 동시에 무인들이 모습을 드러냈다.

그들 대부분이 한 손에는 짧은 검을 다른 한 손에는 기다란 철퇴를 손에 쥐고 있었다.

무공과 함께 외공을 익혔는지 우락부락한 근육질 몸을 가진 무인들은 부리부리한 눈매로 태무선을 노려보았다.

그중에서도 가장 큰 덩치를 지닌 남자가 태무선을 향해 다가왔다.

"나는 패산문의 독구다. 네놈은 누구냐. 감히 이곳이 어디인지 알고 행패를 부리는 게냐!?"

"패산문이잖아."

"그걸 알면서도… 목숨이 아깝지 않은 모양이구나."

자신을 독구라고 밝힌 이는 철퇴를 태무선을 향해 내밀었다. 뭉툭한 돌기가 오돌하게 돋아난 철퇴는 척 보기에도 무겁고 무식해 보였다.

"문주는?"

"허."

독구는 황당했다.

이 무뢰배는 패산문의 정문을 부수고 나타나더니 이제는 하늘같은 패산문의 문주인 패산철군 곽도운을 찾고 있다.

그것도 문주님도 아닌 문주라고 부르면서.

"네놈이 정녕 뒤……."

덥석―!

태무선의 손이 독구의 손에 들려 있던 철퇴를 움켜쥐었다.

멍청한 놈. 본때를 보여주마.

독구는 철퇴를 끌어당겼다. 이대로 저 무뢰배를 끌어당긴 후 칼자루로 뒤통수를 후려갈겨 주리라!

"음!?"

그런데 이상한 일이 일어났다. 철퇴를 아무리 강하게 당겨 봐도 사내가 딸려오기는커녕, 자신이 사내에게로 딸려가기 시작한 것이다.

힘을 내가 주었는데 왜 내가 딸려가지?

이러한 독구의 의구심이 채 풀리기도 전에 태무선이 철퇴를 쥔 손에 힘을 주었다.

꾸드드득―!

현철까지는 아니더라도 꽤나 질 좋은 강철을 써서 만든 독구의 철퇴에서 기이한 비명소리가 들려왔다.

곧 그의 철퇴가 태무선의 손 모양으로 휘어지기 시작했고, 놀란 독구가 버럭 소리쳤다.

"뭐, 뭐냐!"

아니 비명인가.

"문주는 어디 있냐고."

태무선이 짜증스럽게 묻자 독구는 식은땀을 흘리며 상황 파악에 나섰다.

'한 손으로 나의 철퇴를 구부러뜨리다니. 보통 녀석이 아니다!'

애초에 패산문의 정문을 부수고 나타났을 때부터 알아봤어야 했다. 저놈이 보통 녀석이 아니라는 것을!

처음엔 그저 미친놈이라고 생각했는데 이제 보니 한 재간 하는 녀석인 것 같았다.

독구는 할 수 없이 철퇴를 놓으며 차분한 목소리로 말했다.

"문주님은 왜 찾는 것이냐."

무인에겐 자신의 생명과도 같은 무기를 놓아버린 독구는 짐짓 의연한 척을 했고, 태무선은 철퇴를 아무렇게나 내던지며 말했다.

"너희 원래는 정파소속의 문파였다며."

누구도 감히 하지 못했던 말을 태무선이 아무렇지 않게 늘어놓자 독구의 얼굴이 사납게 일그러졌다.

"그게… 뭐 어쨌다는 것이냐. 우리 패산문은 언제나 힘 있고 강한…….."

"자들을 따르는 박쥐같은 놈들이다?"

"박쥐같은… 뭣!? 이, 이놈이…! 내 기회를 주려 했건만

130

도저히 안 되겠구나!"

독구가 은근슬쩍 뒤로 물러서며 속삭였다.

"문주님을 불러오거라!"

"알겠습니다."

패산문의 무인 중 한 명이 문주를 부르기 위해 신형을 돌렸다.

하지만 그는 달려갈 필요가 없었다.

"문주님!"

문파의 정문이 날아가는 굉음을 들었는지 패산문의 문주 패산철군 곽도운이 모습을 드러낸 것이다.

그는 독구보다도 더 큰 덩치를 지니고 있었고, 허리춤에는 두 개의 철퇴 그리고 등에는 커다란 대도를 메고 있었다.

"이거… 네놈의 짓이냐."

곽도운은 등장하자마자 처참히 박살난 문의 조각들을 내려다보며 물었고, 태무선이 고개를 끄덕였다.

"그렇군."

말을 마친 곽도운이 부서진 문의 조각을 발로 걷어찼고, 그에게 차인 문 조각이 태무선을 향해 날아갔다.

콰직—!

태무선은 표정하나 바뀌지 않은 얼굴로 자신에게 날아온 문 조각을 주먹을 쳐냈다.

그의 앞에서 산산조각 나는 문 조각 사이로 두 개의 철퇴가 맹렬하게 날아와 태무선의 양쪽 어깨를 노렸다.

한때나마 정파라 불리던 패산문의 문주가 보일 만한 행동은 아니었다.

"어쨌든 지금은……."

태무선의 양 손등이 자신의 어깨를 노리고 날아드는 곽도운의 두 철퇴를 쳐냈다.

꽈앙—!

폭음성과 함께 곽도운의 철퇴가 목표를 잃고 양쪽으로 꺾였고, 그사이로 태무선이 몸을 움직여 곽도운의 품속으로 들어갔다.

"사악교 휘하의 사파라는 거지."

파천일도격(破天一道擊).

태무선의 오른 주먹이 곽도운의 복부를 향해 뻗어졌다.

그런데 그때 곽도운이 믿을 수 없을 만큼 빠른 속도로 철퇴를 회수하며 태무선의 주먹을 막아냈다.

꽈아앙—!

모래바람이 휘몰아치며 곽도운의 신형이 뒤를 향해 주르륵 밀려났다.

"오."

태무선은 꽤나 놀란 표정을 지었다. 무림오강에 근접한 고수라는 소문은 그저 뜬소문만이 아닌 듯했다.

패산철군 곽도운은 두 철퇴로 태무선의 파천일도격을 막아내는 데에 성공한 것이다.

"호. 그저 치기 어린 애송이라고 여겼는데."

곽도운이 두 철퇴를 길게 늘어뜨리며 수염 난 입으로 미소를 지었다.

"아무래도 네놈이 최근 사파 문파들을 무너뜨리고 있다던 놈이로구나."

"아마도 그럴 걸."

"그래, 한 가지만 묻자. 왜 사악교에 반기를 들고 사파 문파들을 공격하고 있는 거지? 영웅놀음이라도 하고 싶었던 게냐?"

"아니. 사악교주에게 돌려받아야 할 게 있는데 돌려줄 생각을 안 하더라고."

"하하하! 네놈 따위가 사악교의 교주에게 무엇을 돌려받는단 말이냐."

"그런 게 있어."

"꽤나 거창한 이유가 있으리라 여겼거늘, 이제 보아하니 알량한 힘 하나 믿고 영웅놀음이나 해대는 우매한 머저리로구나!"

곽도운의 그 거대한 신형이 펄쩍 뛰어올랐다. 그의 양손에 들린 철퇴에는 맹렬한 기세의 기운이 회오리쳤다.

"이것도 한번 받아 보거라!"

맹획구천(猛劃毆踐).

곽도운이 가진 두 개의 철퇴가 맹렬한 기운을 쏟아내며 태무선을 덮쳤다. 그의 철퇴에서 솟아난 기운은 마치 태무선을 찍어 으깰 듯이 빠르게 찍어왔다.

쫭— 좌앙—!!

지축이 흔들리는 거대한 폭음성과 함께 바람이 몰아쳤다.

맹획구천은 정확히 태무선에게 내리꽂혔고, 모두가 태무선이 죽거나 크게 다쳤을 거라 믿어 의심치 않았다. 그 정도로 곽도운의 힘을 굉장했다.

'정말로… 무림오강에 필적하는 고수란 말인가?'

'저게 패산철군의 힘.'

유선과 현각은 태무선을 걱정하면서도 패산철군 곽도운의 힘에 감탄했다.

반면에 진사은의 시선은 곽도운의 맹획구천을 정확히 얻어맞은 태무선에게로 고정되어 있었다.

"너… 정체가 뭐냐."

한편, 맹획구천을 멋들어지게 펼친 곽도운의 얼굴은 자신의 승리를 확신하며 환호하는 패산문의 무인들의 환한 얼굴과는 달리 딱딱하게 굳어 있었다.

"태무선."

짧은 통성명과 함께 태무선이 모습을 드러냈다.

곽도운의 두 철퇴는 태무선의 양쪽에 박혀 있었는데 이는 곽도운이 태무선을 위해 경로를 바꾼 것이 아니었다. 경로가 억지로 바뀐 것이다.

'온 힘을 다한 나의 맹획구천을 단 두 번의 권격으로 흘려 내다니!'

곽도운의 두 철퇴가 태무선의 양쪽 어깨를 짓눌러 으깨려는 순간, 태무선의 두 주먹이 허공을 때렸다.

그러자 놀랍게도 곽도운의 두 철퇴는 태무선의 권격에 담긴 힘을 이기지 못하고 양옆으로 튕겨나간 것이다.

"태무선… 들어본 적이 있는 이름이다. …설마 네놈이 현 마교의 교주라는 자냐."

"맞아."

태무선이 다리를 들어 곽도운의 복부를 걷어찼다.

"컥!"

단순한 발길질임에도 곽도운은 신음을 흘리며 뒤로 정처 없이 물러섰다.

'오장육부가 뒤틀리는 듯한 느낌이다……!'

단 한 번의 발길질로 오장육부가 뒤틀리는 고통을 느낀 곽도운은 태무선이 만만하게 볼 상대를 넘어 혼신의 힘을 다해야 하는 상대임을 깨달았다.

"나를 공격하는 게 무엇을 의미하는지는 네놈도 잘 알고 있을 텐데."

"무슨 의미인데."

태무선이 정말로 모르겠다는 표정을 지으며 묻자 오히려 곽도운이 당황했다.

"모르겠느냐! 패산문은 사악교에서 눈여겨보는 문파 중 한 곳이다. 그런 패산문이 네게 당하게 된다면 즉시 사악교의 고수들을 파견하여 네놈의 목을 취할 것이다!"

"호오."

참으로 군침이 도는 상황이 아닐 수 없었다.

지금껏 사파 문파들을 아무리 부셔놔도 교주나 사악교의 무인들이 직접 움직이는 경우가 없었다.

그나마 백은섭이 나타나 한바탕 해봤으나, 그 이후로는 사악교에서 별다른 움직임을 보이지 않았다.

그런데 패산문을 패는 것으로 사악교가 움직인다니? 이 얼마나 효율적인가.

"너희들 보기보다 쓸모 있구나."

태무선의 진심 어린 감탄은 곽도운의 뚜껑을 열리게 하기엔 충분했다.

그는 노호성을 내지르며 태무선을 향해 철퇴를 힘껏 들어올렸다.

"이놈이 보자보자 하니, 간이 배 밖으로 나온 모양이구나!"

곽도운이 두 개의 철퇴를 맞부딪쳤다. 그러자 두 철퇴가 부딪치며 굉음을 냈고, 그 소리가 어찌나 날카롭고 강렬했는지 이를 지켜보던 패산문의 무인들이 귀를 틀어막고 고통스러워했다.

이는 유선과 현각도 마찬가지였는데 그 둘은 귀를 막은 채 인상을 찌푸렸다.

"하마터면 고막 나갈 뻔했네."

유선이 툴툴거리며 부릅뜬 눈으로 태무선을 바라봤다.

꽤나 멀찍이 떨어져 있음에도 고막이 나갈 뻔했으니, 바로 앞에서 굉음을 들은 태무선은 오죽할까.

유선의 걱정대로 태무선은 귓가를 울리는 굉음에 인상을 썼다.

"뭐하는 거야."

"하하하! 내가 그저 힘이 강해 이 자리까지 올라왔다 생각했다면 오산이다!"

곽도운은 재차 철퇴를 마주쳤고, 그때마다 굉음이 울려 퍼졌다.

태무선은 두 철퇴가 만들어내는 굉음이 몹시 마음에 들지 않았다. 일단 귀가 아팠고, 시끄러웠기 때문이었다.

"이게 뭔 개짓거리야."

용린보를 펼친 태무선이 곽도운과의 거리를 빠르게 좁힌 후 그의 철퇴를 오른 주먹을 내리쳤다.

꽈직—!

곽도운의 철퇴 중 하나가 벼락처럼 내리꽂혀 바닥에 박혀 들어갔다.

설마하니 자신의 철퇴를 단 한수에 날려버릴 줄은 몰랐던 곽도운은 크게 놀라며 뒤로 물러서 등에 메여 있던 대도를 뽑아들었다.

"오냐, 오늘에야말로 마교의 교주를 잡아 패산문의 이름을 드높여주마!"

곽도운이 신형을 날려 태무선을 향해 철퇴를 휘둘렀다.

태무선은 천열용조의 수법으로 곽도운의 철퇴를 후려친 후 용린보를 펼쳤다.

마치 흑룡처럼 움직이며 검은 잔상을 만들어내며 앞으로 나아간 태무선은 양손으로 곽도운의 대도와 그의 팔뚝을 쳐냈다.

"큭!"

천열용조의 날카로움에 팔뚝을 베인 곽도운이 몸을 비틀거리며 물러섰다.

하지만 거리를 쉽게 내어줄리 없는 태무선이 곽도운이 거리를 벌리는 것보다 빠르게 다가가 그의 무릎을 왼발로 찍어 누른 뒤 오른쪽 무릎으로 곽도운의 턱을 차올렸다.

퍽―!

소리와 함께 곽도운의 입에서 하얀 이가 튀어나갔다.

"커허억!"

이가 뽑히며 피를 흘린 곽도운은 그의 턱이 태무선의 무릎에 차이는 순간 머릿속이 아득해졌다.

'젠…장!'

새파랗게 어린 태무선에게 질 수 없다고 다짐한 곽도운은 힘겹게 비틀거리는 몸을 지탱하며 숨을 헐떡였다.

"내가 네놈에게 질 것 같으냐!"

"응."

몸을 비척거리는 곽도운에게로 다가간 태무선은 곽도운이 마지막 힘을 쥐어짜내어 휘두른 대도를 발끝으로 쳐냈다.

깡!

발끝에서 튕겨 올라간 대도는 주인을 잃은 채 공중에서 몇 바퀴를 돈 후 바닥에 내리꽂혔고, 태무선은 곽도운을 향해 천천히 다가가 그의 목을 잡아 바닥에 내리꽂았다.

쿵!

곽도운이 태무선에게 제압당해 바닥에 내리꽂히는 굉음과 함께 패산문엔 정적이 찾아왔다.

이제 이십대 중반 정도 되어 보이는 사내가 무려 무림오강에 가까워졌다는 패산철군 곽도운을 압도적인 힘의 차이로 꺾었다.

그리고 패산문주의 목숨은 이제 그 어린 사내의 손길에 맡겨졌다.

"크윽…! 마교의 교주가 왜 우리를 공격하는 거지!"

목이 붙잡힌 곽도운이 이해할 수 없다는 얼굴로 물어왔다.

"네놈도 우리와 마찬가지가 아닌가. 흑도무림의 득세는… 무림맹의 원수인 네게도… 좋은 일일 텐데!"

"미안하지만 난 그런 거엔 별로 관심이 없어."

"그, 그렇다면 왜 사악교와 싸우려는 거냐!"

"마음에 안 들거든."

태무선의 대답을 들은 곽도운은 숨이 턱 막히는 것 같았다. 이 마교의 교주라는 작자는 도무지 말이 통하지가 않았다.

"싸움에서 패했으니 죽어도 그리 억울하진 않겠지."

태무선이 곽도운의 목을 쥔 손에 힘을 주자 곽도운이 숨을 헐떡였다.

이대로 가다간 태무선의 손길에 목이 부러져 죽는 것은 시간문제.

생사의 기로에 선 곽도운은 급히 손을 뻗어 자신의 목을 감아쥔 태무선의 손목을 잡고 있는 힘을 다해 말했다.

"기회… 기회를 주시오!"

기회를 달라는 곽도운의 애절한 외침에 태무선이 힘을 풀었다. 그제야 숨을 쉴 수 있게 된 곽도운이 숨을 헐떡거리며 말했다.

"내가… 아니 패산문이 마교의 검이 되어주겠네."

"이미 무림맹을 배신한 전적이 있는 패산문을 내가 뭘 믿고 받아들여야 하지?"

"우리에게 다른 방법이 있을 것 같나."

곽도운에게 다른 선택지는 없었다.

그의 말대로 마교에게 붙는 것 말고는 곽도운이 살아남을 수 있는 방법이 없었으나, 태무선은 이미 배신한 전력이 있는 이들을 받아드리는 게 탐탁지 않았다.

"네가… 손해 볼 것은 없을 것이다."

잠시 고민하던 태무선은 곽도운의 목을 잡고 있던 손을 놓아주었다.

"딱 한 번만 믿어보지. 하지만 기회를 두 번씩이나 주진 않아."

"어차피 네게 패배한 이상… 나도 다른 방법은 없다."

곽도운은 자신의 패배를 순순히 인정했고, 목숨을 부지하고자 마교에 충성을 맹세했다.

패산문의 무인들은 설마 문주인 곽도운의 패배를 생각하지 못했는지 얼떨떨한 표정이었다.

하지만 어쩌겠는가. 문주가 먼저 마교의 교주인 태무선에게 충성을 약조했으니, 그들은 할 수 없이 문주를 따라 태무선에게 충성을 맹세했다.

물론, 이 모든 충성의 중심에 선 태무선은 갑자기 마교의

아래에 생겨난 패산문이라는 조직을 멋쩍은 얼굴로 바라
볼 수밖에 없었다.

"이게 뭔……."

싸우러 왔다가 문파를 얻어버렸다.

* * *

"믿지 못하겠다면 어쩔 수 없지만, 사실이오."

"흠."

패산문의 안채에 들어온 태무선은 패산문이 어째서 정파
를 버리고 사파의 길을 걷게 되었는지에 대한 이야기를 듣
게 되었다.

곽도운이 전한 이야기에 의하면 패산문도 그들만의 속사
정이라는 게 있었다.

당시 패산문의 문주였던 곽도운은 언제나 그렇듯 무공수
련에 매진했다.

그러던 중 새로운 깨달음을 얻은 곽도운은 지금이야말로
수년간 자신을 괴롭혀온 벽이라는 존재를 뛰어넘을 수 있
을 거라 확신했고, 이를 위해 폐관수련을 시작했다.

"다행히 벽을 넘을 순 있었지만, 수련을 마치고 나와 보
니… 무림맹은 정사대전에 패했고, 사악교는 이미 중원의
대부분을 자신들의 손아귀에 넣은 상태였네."

말을 끝낸 곽도운은 태무선이 가만히 바라보자 그의 눈치를 보며 슬며시 말을 높였다.

"……상태였습니다."

"그러니까 너는 패산문을 지키기 위해 어쩔 수 없이 사악교의 편에 섰다는 거지?"

"그래… 아, 아니. 그렇습니다. 차라리 무림맹과 싸워볼 수라도 있었다면 사악교와 싸웠을 텐데… 이미 무림맹은 무너진 상태라…….."

곽도운은 나름대로 억울한 상황이었다.

기껏 벽을 넘어 고수가 되어 돌아왔더니 무림맹이 사라졌다.

힘을 뽐내 볼 새도 없이 사악교를 적으로 두게 된 곽도운은 어쩔 수 없이 사악교의 아래로 들어가게 된 것이다.

자신은 몰라도 문파는 지켜야 했기에.

"그런데 마교의 교주께서는 어째서 사악교를 공격하게 되신 겁니까. 일종의… 경쟁 같은 겁니까?"

하늘아래에 두 개의 태양은 없는 법. 혹시 마교도 중원의 패권 다툼을 시작하려는 걸까.

궁금해 하는 곽도운을 향해 태무선이 손사래를 쳤다.

"그런 건 관심 없다니까."

"그런데 왜 사악교와 싸우시는 겁니까?"

"돌려받아야 하는 게 있거든. 받아야 할 값도 있고."

돌려받아야 하는 게 뭔지, 받아야 할 값이 뭔지 알 순 없었지만, 곽도운은 젊은 마교의 교주와 그와 함께 있는 유선과 현각을 바라봤다.

"그런데 이들은 정파의 무인들이 아닙니까?"

유선이야 그렇다 쳐도 현각은 누가 봐도 무당파의 도사가 분명했다.

그렇다면 무당파의 도사가 왜 마교의 교주와 함께 있는 건가.

혼란스러워하는 곽도운에게 유선이 간단히 상황을 설명해 주었다.

"아… 공동의 적을 잡기 위한 일시적 동맹이군요."

마교와 무림맹이 일시적 동맹을 맺고 있다는 사실에 곽도운의 얼굴이 환해졌다.

잘만하면 다시 정파의 문파로 돌아갈 수 있다는 희망이 생긴 것이다.

태무선은 밝아진 얼굴로 희망을 품고 있는 곽도운을 향해 무심한 목소리로 물었다.

"그나저나 무림오강에 가까운 실력자라더니… 그 정도는 아닌 것 같은데."

뼈를 관통하는 듯한 태무선의 예리한 지적에 곽도운이 식은땀을 흘렸다.

"사실 그건……."

머뭇거리던 곽도운이 짧게 한숨을 내쉰 후 입을 열었다.

"교주님의 말씀이 맞습니다. 저도 제 자신이 무림오강의 무인들에 이르기엔 턱없이 부족하다는 것쯤은 잘 알고 있습니다. 하지만 이 또한 살아남기 위해선 어쩔 수 없었습니다."

패산철군 곽도운이 무림오강에 다다른 무인이라는 정보는 곽도운과 패산문의 무인들이 흘린 소문에 불과했다.

"그게 어떻게 가능한 거죠?"

유선이 이해가 안 된다는 듯 묻자 곽도운이 민망한 듯 살짝 붉어진 얼굴로 답했다.

"무림오강의 힘이 얼마나 강한지 아는 이는 중원에서도 손에 꼽을 걸세."

"아."

유선이 이해했다는 듯 고개를 주억거렸다.

그의 말대로 무림오강의 힘을 제대로 아는 이는 극히 드물었다. 그러니 곽도운이 실제로 무림오강에 다다른 무인인지 아닌지 누가 알겠는가.

게다가 패산문이 사악교의 아래로 들어갔으니, 감히 건들 수조차 없었을 것이다.

"그나저나 교주께서는 무림오강을 만나보셨습니까?"

"응."

"정말이십니까?"

폐관수련을 하는 동안 중원에서 무슨 일이 일어나는지 모르고 있던 곽도운이 놀란 얼굴을 했다.

"황룡산과 혁우운."

"황룡산… 혁우운… 설마 녹림의 거웅와 천기단의 단주를 말씀하시는 겁니까!?"

억지로 말을 높이는 듯했던 곽도운의 말이 이제는 극존칭으로 바뀌었다.

"응."

"허어… 설마 그분들과도 싸워보셨습니까."

"그랬었지."

곽도운이 벌려진 입이 쉽사리 다물어지지 않았다.

마교주의 힘이 보통이 아니라는 것을 몸소 깨달았지만, 설마 무림오강 중 두 명을 만나 자웅을 겨뤘을 줄은 꿈에도 몰랐던 것이다.

"황룡산은 우리와 뜻을 함께하고 있어."

황룡산이 마교와 함께 한다는 것은 곧 녹림십팔채가 마교와 함께 한다는 뜻.

물론 뜻을 함께한다는 것은 동맹을 뜻했지만 곽도운은 전혀 다르게 받아드렸다.

'마교주가 황룡산을 꺾었구나! 그렇지 않고서야 들개들의 집단인 녹림이 마교의 아래에 들어갈 이유는 없지!'

꿀꺽—!

마른침을 삼킨 곽도운이 마음을 진정시키기도 전에 유선이 태무선을 향해 말을 건넸다.

"마교의 아래엔 또 누가 있는 거죠?"

"장강… 뭐라고 했던 것 같은데."

"장강수로채!"

"아. 맞아."

"동정호에서 활동하던 장강수로채가 모습을 감췄다가 수적선이 아니라 상단선을 이끌고 비역만과 함께 활동한다더니… 장강수로채가 마교의 아래로 들어갔……."

말을 이어나가던 유선이 뭔가 깨달은 듯 두 손으로 탁자를 내리쳤고, 그 소리에 놀란 현각과 진사은 그리고 곽도운의 시선이 저절로 유선에게로 향했다.

"그럼 역시! 비역만이 협력하고 있었던 게 맞군요!?"

"그런 셈이지. 그 때문에 비역만이 꽤 곤란한 일을 겪었지만."

"아아… 녹림과 장강 그리고 비역만까지. 무림맹은 마교가 소수정예로 힘겹게 세를 유지한다고 생각했는데 알고 보니 음지에서 세를 불리고 계셨군요?"

"응. 꽤 귀찮았지만."

"대단하네요."

유선은 진심으로 감탄했다.

다시는 복구할 수 없을 줄 알았던 마교를 태무선은 누구도 모르게 부흥시키고 있었던 것이다.

그것도 무림오강 중 한 명인 황룡산의 녹림과 장강의 패자 장강수로채, 서역과의 교역을 성공한 비역만이란 미지의 상단까지.

태무선을 바라보는 유선의 눈이 반짝였다.

한편, 이 모든 얘기를 잠자코 듣고 있던 곽도운은 심장이 쿵쾅거리기 시작했다.

'무림맹과 동맹을 맺은 데다가 녹림과 장강 그리고 비역만을 거느리는 마교라니……'

처음엔 마교의 교주라기에 그저 마교의 교주답게 강하구나, 라고만 생각했다.

그저 살아남기 위해서, 패산문을 지키기 위해 거두어달라고 말했던 것인데 이제 보니 태무선이라는 사내는 금덩이나 마찬가지였다.

'이건 기회다!'

지금껏 패산문을 편복지역(蝙蝠之役)과 같은 문파라고 어찌나 욕을 들어먹었는가. 이젠 그 오명을 씻을 수 있는 기회가 오고야 만 것이다.

"교주님! 이 곽도운과 패산문. 마교와 무림맹을 도와 사악교를 이 중원에서 몰아낼 것을 약속드리겠습니다!"

갑작스러운 곽도운의 일방적인 선언에 태무선이 인상을 썼다.

"흠. 널 믿어도 될지 모르겠네."

"하긴, 이미 배신한 전력이 있는 곳이라서……."

"충의와는 거리가 먼 곳입니다."

유선과 현각이 태무선의 말에 동조하며 은근한 시선으로 곽도운을 바라보자 그는 억울함을 호소했다.

"그건 제가 원해서 그런 게 아닙니다!"

"흐음."

"음… 과연 믿어도 될까요? 어쩌면 사악교에게 저희의 정보를 팔아넘기려는 걸지도 모릅니다."

유선이 태무선의 곁에 찰싹 붙어 눈매를 가늘게 좁힌 뒤 곽도운을 노려보았다.

사실 배신을 한 것은 변치 않는 진실이었기에 입이 열 개라도 할 말이 없었던 곽도운이 입술을 잘근 깨물며 애절한 눈빛을 보냈다.

하지만 곽도운의 애절한 눈빛에도 태무선은 고목나무마냥 미동조차 하지 않았다.

그때, 뭔가를 떠올린 곽도운이 손뼉을 마주쳤다.

짝—!

"제게 아주 고급정보가 있습니다!"

"고급정보?"

"예. 이는… 사악교에서 얻고 싶어 안달하던 아주 고급스럽고 비밀스러운 정보입니다."

곽도운이 은밀한 목소리로 속삭이듯 말하자 모두가 곽도운의 얘기에 귀를 기울였다. 그러자 곽도운이 두 손을 모으며 말했다.

"이건… 사악교에도 넘기지 않은 아주 중요한 정보입니다. 그러니 이걸 드리는 것은 제게도 아주 큰 도박입니다."

"그게 뭔데."

"마, 말씀드린 것처럼, 이건 아주 중요해서…….”

"내놔."

태무선이 손을 내밀었다.

"이건…….”

태무선은 내놓으라며 재촉하거나 말을 덧붙이지 않았다.

그의 손바닥이 더욱 가까워진 것은 같은 건 곽도운만의 착각일까.

곽도운은 이건 매우 고급정보라 패산문을 마교에 받아드리겠다고 확언을 주신다면 드리겠다고 말을 하고 싶었다.

하지만 점점 가까워지는 태무선의 손바닥은 그 어느 말보다 그 어떤 몸짓보다도 곽도운을 강하게 압박했다.

"…서류가 따로 있는 건 아닙니다. 저도 구두(口頭)로 전해들은 거라…….”

"알았으니 말해 봐."

파락호도 이런 파락호가 없을 것이다.

태무선은 마치 정보를 맡겨놓은 사람인 양 정보를 내 놓으라 닦달했고, 곽도운은 울며 겨자 먹기로 정보를 토해냈다.

"앞으로 일주일 후 성가문의 성성미라는 여인의 남편 후보생을 찾는 일종의 선발회가 열립니다."

"성가문? 성성미?"

모두 처음 들어보는 가문과 이름이었다.

무림맹의 존재도 산을 내려오고서야 알게 된 태무선이 허창의 성가문에 대해 알 리가 없었기에 그는 유선을 바라봤고, 유선은 현각을 바라봤다.

그러나 믿었던 유선과 현각이 자신들도 모르는 듯 고개를 가로젓자 태무선이 조용히 앉아 있던 진사은을 바라봤다.

"미안하구나. 나도 처음 들어보는 이름이다."

진사은이 손을 휘저으며 말하자 태무선이 곽도운을 노려봤다. 그의 눈빛은 마치 그게 무슨 고급 정보냐, 라고 말하는 듯 했다.

"물론, 성가문이나 성성미라는 여인은 중원에 알려진 것도 없고, 알려질 만한 여인도 아닙니다."

"그런데 그게 왜 고급 정보라는 거야?"

"여기서 중요한 것은 성성미가 누구의 여식이냐입니다."

"누구의 여식인데?"

태무선의 질문에 곽도운이 잠시 뜸을 들인 후 모두의 시선이 자신에게로 쏠리자 천천히 입을 열었다.

"바로… 하후곤의 여식입니다."

"하후곤!?"

"설마……!"

하후곤이라는 남자의 이름을 들은 유선과 현각의 얼굴에 경악이 어렸다.

그러나 하후곤이 누구인지 알 리가 없는 태무선은 여전히 아무것도 모르겠다는 얼굴이었다.

태무선이 반응이 자신이 기대한 것과 다르자 곽도운이 급히 물었다.

"혹시 하후곤이 누구인지 모르시는 겁니까?"

"응."

당당하기 그지없는 태무선의 대답에 그걸 어떻게 모르냐고 중얼거리는 곽도운을 대신하여 유선이 설명을 시작했다.

"하후곤. 별호는 철혈(鐵血)이에요. 교주님과 마찬가지로 다른 무기는 사용하지 않고, 오로지 두 주먹만으로 하남일대를 평정한 고수중의 고수죠. 그 역시… 무림오강 중 한 명이에요."

"아아."

152

일명 철혈(鐵血) 하후곤.

뒷배경이나 대단한 무기도 없이 단 두 주먹으로 하남일대를 평정한 권각술의 달인 하후곤.

그는 황룡산이나 혁우운과 마찬가지로 무림오강 중 한 명이었다.

"이게 중요한 정보인거야?"

하후곤에 대해 들었어도 태무선이 이해하지 못한 듯하자 유선이 빠르게 말을 이었다.

"당연하죠! 무림오강은 무림맹과 사악교에서 눈독들이고 있는 무인들이에요. 말 그대로 중원에서 가장 강한 다섯 명의 무인들을 무림오강이라고 부르니까요. 그중에서도 녹림의 황룡산과 천기단주 혁우운은 각각 마교와 무림맹에 터를 잡고 활동을 하고 있는 자들이지만, 하후곤은 아니에요."

유선이 설명을 마친 듯하자 이번엔 곽도운이 설명을 이었다.

"그렇습니다. 하후곤은 이십 년 전 자취를 감춘 무림오강 중 한 명으로, 사악교에서도 눈에 불을 켜고 찾고 있는 무인 중 한 명입니다. 그런 하후곤을⋯⋯."

격양된 곽도운의 눈이 흥분으로 번뜩였다.

"제가 찾은 겁니다!"

철혈이라 부르는 남자

"음. 그러니까 나보고 선발회에 참가하라는 거지?"

"그렇습니다."

곽도운이 고개를 끄덕였다.

"무림오강과도 자웅을 겨루는 교주님의 실력이라면 당
연히 선발회에서 당당히 선발될 수 있을 겁니다. 만약 하
후곤의 사위가 된다면, 마교는 철혈이라 불리는 남자를 장
인이자 든든한 우군으로 삼을 수 있습니다!"

곽도운의 주장은 이러했다.

태무선이 성성미의 남편감 선발회에 출전하여 당당히 성
성미의 남편이 된다. 그리하면 하후곤은 자연스레 성성미

의 남편인 태무선의 장인어른이 되는 것이고, 철혈과 마교는 가족이 되는 것이다.

아주 자연스럽게 간단히 무림오강 중 한 명인 하후곤을 얻을 수 있는 방법.

그러나 태무선은 탐탁지 않은 얼굴이었다.

"혼인이라……."

단 한 번도 혼인이라는 것을 생각해 본 적이 없는 태무선이었다.

* * *

"일종의 정략결혼이로구나."

곽도운의 계획을 전해들은 진사은은 면사를 쓴 채 태무선과 마주앉았다.

"정략결혼?"

"그래. 조직과 조직 간에 서로 간의 이익을 위해서 자신들의 자식들을 혼인시키는 것이지. 가족과 가족 간의 유대만큼 끈끈한 것은 없을 테니, 서로를 배신하기도 힘들 테니까."

"흠."

팔짱을 끼고 나무 의자에 몸을 기댄 태무선은 꽤 깊은 고민에 빠졌다.

사실 연모하는 이가 있는 것도 아니었으니, 성성미와 혼인을 한다고 해도 나쁠 것은 없었다.

하지만 문제는 사랑이 없는 결혼이 과연 가능한 것인가였다.

"고민이 많은 얼굴이구나. 혹시 연모하는 이라도 있는 건가."

"딱히 그런 건 아니지만."

턱을 괸 태무선은 기분이 오묘했다.

그러고 보니 산에서 내려와 많은 여인들을 만났다.

천하제일미에 가장 가깝다는 여인인 비현도 만났고, 그 외에도 미인이라고 할 수 있는 수많은 여인들을 만나봤지만, 태무선은 단 한 번도 연심을 느낀 적이 없었다.

'내가 이상한 건가.'

지금 자신의 앞에 앉아 있는 진사은만 하더라도 지나가는 이들이 그녀의 외모에 놀라 연거푸 몇 번을 돌아볼 정도의 미인이었다. 그 덕분에 면사를 쓰고 다니게 되었지만.

그러나 태무선은 진사은을 마주하고 있어도 별다른 기분이 들지 않았다.

물론 태무선의 꿈은 좋아하는 여인과 가정을 이루고 평범하게 살아가는 것이었는데, 이대로 가다간 평범한 삶은 커녕 좋아하는 여인을 만날 수 없을지도 몰랐다.

"일단 하후곤을 만나봐야겠지."

싫든 좋든 하후곤은 무림오강 중 한 명인 강자 중의 강자였다. 사악교가 그를 찾아내기 전에 그를 먼저 만나 결판을 지어야 했다.

"어차피 남편이 된다는 보장이 있는 것은 아니니까."

태무선은 깊게 생각하지 않기로 했다.

어차피 자신이 성성미의 남편이자 하후곤의 사위가 된다는 보장이 있는 것도 아니고, 지금 고민해봤자 당장 답이 떠오르는 것도 아니었다.

"어떻게든 되겠지."

* * *

어떻게든 되겠지, 라는 마음을 먹은 지 일주일이란 시간이 흘렀다.

그동안 패산문에서 휴식을 취하며 하후곤의 사위 선발전… 아니, 성성미의 남편감 선발회가 열렸다.

성가문은 허창에서도 꽤나 유명한 가문인데다가 성성미라는 여인의 외모가 상당하다는 소문이 자자하여 이른 아침부터 성가문의 정문 앞에선 젊은 사내들로 북적였다.

기다란 사내들의 줄을 마주한 태무선은 진사은과 유선 그리고 현각과 함께 맨 뒷줄에 섰다.

그리고 근 두 시진을 기다려서야 태무선은 성가문의 정문을 밟을 수 있었다.

"이, 이건 미친 짓이야!"

"누가 이 따위로 남편감을 선발해!?"

"카악,   ! 더러워서 안 한다."

먼저 들어갔던 사내들이 욕지기를 내뱉으며 성가문을 빠져나왔다.

대체적으로 선발회에 들어간 사내들은 두 가지로 분류되었는데, 하나는 욕을 하며 허겁지겁 나오는 사내들과 들어갔지만 나오지 않는 이들로 나뉘어졌다.

도대체 어떤 선발전이 이루어지고 있는 걸까.

긴장된 얼굴이 역력한 유선과 현각과는 달리 태무선과 진사은은 태평하기 그지없었다.

"날씨가 좋네."

푸른 창공에 구름 몇 점이 유유히 지나가는 모습을 올려다보던 태무선의 곁에서 진사은이 고개를 끄덕였다.

"연을 맺기엔 꽤나 좋은 날이다."

성가문에 들어선 태무선은 자신을 기다리고 있던 하얀 경장차림의 여인을 마주했다.

"어서 오세요. 선발회에 참여하시려고 오신건가요?"

"예."

"여기 간단한 인적사항을 적어주세요."

간단하다는 여인의 말과는 달리 인적사항에는 상당히 많은 질문들이 담겨있었다.

이름과 나이는 물론이요, 소속된 가문, 무인이라면 문파와 무공에 대해서도 적어야 했다.

게다가 그뿐만이 아니라 여인과 교제한 적이 있는지에 대한 사사로운 정보까지 적어야 했으니, 이를 훑어보던 태무선은 문파에 패산문을 적어 넣으며 일전에 곽도운과 미리 얘기해 뒀던 정보들을 적은 뒤 여인에게 내밀었다.

"곽 소협이시군요."

곽도운의 자식으로 탈바꿈한 태무선의 이름은 곽도한이되었다.

차마 마교와 태무선이라는 본명을 적을 수 없었던 태무선은 고개를 끄덕이며 여인의 안내를 받아 움직였고, 나머지 일행들은 별채에서 순서를 기다리기로 하였다.

"여기서 잠시만 대기해 주세요!"

대기실에서 순서를 기다리게 된 태무선은 벽에 등을 기대고 순서를 기다렸다.

그러던 중 어디선가 사내의 비명소리가 들려왔다.

"으아아악!!"

퍼억—!

강렬한 타격음과 함께 사내의 비명소리도 사라졌다.

곧이어 "난 여기서 나가겠어!" 라는 사내의 외침과 함께 겁에 질린 사내가 대기실을 가로질러 성가문을 빠져나갔다.

이 모습들을 지켜보던 사내들은 마른침을 꿀떡 삼키며 자신의 차례를 기다렸고, 개중에는 공포에 사로잡혀 성가문을 빠져나가는 이들도 더러 존재했다.

"도대체 뭔 짓을 하길래……."

태무선의 앞 순서로 앉아 있던 사내는 손톱을 잘근 깨물며 순서를 기다렸는데, 그 옆에 앉아 있던 태무선이 벽에 등을 기댄 채 눈을 감고 있자 걱정하던 자신이 한심스럽게 느껴졌다.

"소협은 걱정되지도 않소?"

눈을 감고 있던 태무선이 슬며시 눈을 뜨자 사내가 재차 입을 열었다.

"들자하니 성가문의 가주가 상당히 괴팍한 성질머리를 가졌다더구려. 선발회에서 마음에 들지 않는 놈이 나타나면 사지를 꺾어 돌려보낸다는 소문도 있을 정도요."

"살벌하네."

"처음엔 경쟁률을 줄이려는 헛소문이라 생각했는데… 그것도 아닌 모양이오. 저것 보시오!"

사내가 가리킨 곳에서 한 사내가 들것에 들려 실려 나가고 있었다.

그 사내의 한쪽 뺨은 시퍼렇게 멍이 들어 있었고, 마치 입에 솜뭉치를 밀어 넣어둔 듯 사내의 볼은 상당히 부어 있었다.

"도대체 무슨 짓을 당했길래……!"

겁에 질려 있는 사내와는 달리 태무선은 별 관심이 없는 듯 다시 눈을 감았다.

태무선에겐 실려 나가는 사내들의 모습을 구경하는 것보다 잠을 청하는 게 더욱 우선이었다.

얼마나 잤을까. 어디선가 들려오는 사내의 고함성에 눈을 뜬 태무선은 방금까지만 해도 자신의 옆에 앉아 있던 사내가 자신에게로 다가와 소리치고 있음을 깨달았다.

"뭐하는 거야?"

태무선이 짜증스레 묻자 사내가 사색이 된 얼굴로 말했다.

"여, 여긴 미쳤소! 당장… 당장 나가시오! 헛소문… 헛소문이 아니었어!"

이해할 수 없는 말을 홀로 지껄이던 사내가 마지막까지 도망치라는 말을 남긴 채 대기실을 빠져나갔다.

덕분에 혼자 대기실에 남겨진 태무선은 자신을 기다리던 하인과 눈이 마주쳤다.

"곽 소협의 차례입니다. 들어오시지요."

"끄으응!"

기지개를 켜며 일어선 태무선은 하인의 안내를 받아 발걸음을 옮겼다.

하인을 따라 태무선이 도착한곳은 성가문의 중심부에 위치한 적당한 크기의 공터였는데, 그 공터에는 작은 원목탁자가 놓여 있었다.

그리고 탁자 위에는 범죄자를 압송할 때 쓰이는 수갑이 놓여 있었다.

"이제 마지막인가?"

공터의 그늘진 곳에서 중년인이 모습을 드러냈다.

키가 크고 다부진 체격을 지닌 중년인은 회색빛의 수염과 머리카락을 가지고 있었는데, 나이와는 걸맞지 않는 형형한 빛을 내뿜는 눈동자를 지니고 있었다.

그는 가벼운 무복차림을 하고 있었는데, 두 주먹은 오랜 세월로 다져진 굳은살이 깊게 박여 있었다.

"마지막 후보생. 패산철군 곽도운의 자식, 곽도한 소협입니다."

성가문의 하인이 태무선에 대한 소개를 하자 중년인의 입가에 옅은 미소가 어렸다. 그건 결코 호의적인 미소가 아니었다. 곧이어 별채에서 대기하던 진사은과 유선 그리고 현각이 한쪽 구석에 자리를 잡고 앉았다.

"일행이 있는 모양이군. 썩 좋은 구경은 아닐 텐데."

의미심장한 말을 하며 공터의 중심부로 걸어 나온 중년

인은 한 손으로 자신의 오른편을 가리켰고, 태무선의 시선이 중년인의 손짓에 따라 움직였다.

그리고 태무선의 고개가 멈춘 곳에는 한 여인이 다소곳한 자세로 앉아 있었다.

화려한 비단옷과 장신구로 치장한 채 옅지만 곱게 화장하여 단장한 여인. 성성미가 그곳에 앉아 있었다.

"나의 보물이라고 할 수 있는 나의 딸이다. 그리고 너는 내 딸의 남편이 되고자 이곳에 발을 들였지. 안 그런가?"

굳이 그런 것은 아니었지만, 태무선은 고개를 끄덕였다.

"나는 내 딸을 허약한 놈에게 넘길 생각은 없다. 그러니, 내게 네 강함을 증명하거라."

"어떻게 증명하면 되겠습니까?"

태무선의 물음에 중년인이 기다렸다는 듯 탁자에 놓인 수갑을 손에 쥐었다. 그리고는 수갑의 한 부분을 자신의 손목에 채워 넣고 수갑의 반대편을 태무선에게 내밀었다.

"이건……."

익숙한 수갑의 등장에 태무선의 눈이 아련해졌다.

이 망할 수갑을 여기서 만날 줄이야.

태무선은 자신의 왼손을 내밀어 수갑을 채웠다.

철컥 소리와 함께 강하게 압박된 수갑은 웬만한 힘으로는 빼내는 게 불가능해 보였다.

"방법은 간단하다."

"서로 한 대씩 치고받는 것……."

"호오, 견투(犬鬪)에 대해서 알고 있느냐."

"예."

모를 리가 있겠는가. 망할 노인네인 지강천과 목숨을 걸고 밥 먹듯이 하던 게 바로 이 견투였다.

견투란 본디 투견들의 목에 사슬 혹은 목줄을 서로의 목에 채워 서로에게서 도망갈 수 없이, 살아남으려면 반드시 상대 투견을 물어죽이게 만들어 싸움을 붙이는 행위를 뜻했다. 어디 도박판에서 견투에 대해 듣게 된 지강천은 옳다구나 하며 어디선가 수갑을 구해와 어린 태무선과 자신의 손목에 수갑을 채웠다.

그때까지도 태무선은 지강천의 고상한 취미에 대해서 어떻게 반응해야 할지 고심했다. 그가 지금부터 살아남아 보거라라고 하기 전까진 말이다.

"오랜만이네."

익숙하면서도 낯선 수갑의 촉감을 느끼는 태무선을 향해 중년인이 흥미로운 표정을 지었다.

"지금껏 나를 마주한 사내라는 새끼들은 모두 겁에 질려 있었지. 이는 문사 놈이든 무인 놈이든 별반 다르지 않았다. 헌데… 너는 지금까지 만난 놈들과는 다르구나."

"조건은 무엇입니까?"

겁에 질린 모습 따위는 찾아볼 수 없었다.

대범함을 넘어 권태로움까지 느껴지는 태무선의 물음에 중년인의 입에 진득한 미소가 새겨졌다.

"간단하다. 내게서… 딱 열 대만 버티면 된다."

"열 대만 맞으면 됩니까?"

"열 대 안에 나를 쓰러뜨려도 된다. 내 무릎을 꿇린다면… 나의 보물은 네 것이 될 것이다."

중년인은 이렇게 말하는 듯했다. 물론, 그런 일은 절대 없을 것이라고.

"선공은 내가 양보하지."

방어는 사치인걸까. 아니면 태무선의 주먹은 자신에게 아무런 타격도 줄 수 없다는 자신감일까. 중년인은 가슴을 떳떳이 내밀고 어디든 때려보라는 듯한 자세를 취했다. 뭐, 태무선이 이를 마다할 이유는 없었다.

"그럼 먼저 하겠습니다."

태무선이 주먹을 들어올렸다. 무인끼리의 견투에서 중요한 것은 내공을 쓸 수 없다는 점이었다.

내공이 없는 순수한 근력의 싸움.

'이러면 교주님이 불리한데.'

'내공을 쓸 수 없단 말인가.'

유선과 현각은 걱정 어린 시선으로 태무선과 중년인을 응시했다. 스스로 밝히지는 않았지만, 유선과 현각은 저

회색머리의 중년인이 철혈이라 불리던 하후곤이라는 것을 잘 알고 있었다. 만약 내공을 쓰는 무공싸움이었다면 태무선을 이렇게까지 걱정하지 않았겠지만, 지금은 저들이 하려는 견투는 순수한 근력으로 펼치는 단순하고 무식하기 그지없는 싸움. 그냥 봐도 외공을 익힌 듯한 하후곤에게 기본적인 외공 외에는 익히지 않은 듯한 태무선은 애초에 상대가 되지 않는 듯했다.

"자, 와라."

태무선은 망설이지 않고 주먹을 들어 하후곤의 복부에 꽂아 넣었다.

퍼억—!

짧고 간결한 권격이 정확히 하후곤의 복부에 꽂혀 들어갔다. 그러나 하후곤은 멀쩡했다. 여유로운 미소까지 보인 하후곤은 꽤나 감탄한 듯한 목소리로 말했다.

"꽤나 쓸 만한 주먹을 갖고 있구나."

"아직 안 끝났습니다."

"하긴, 그렇지… 그럼 이제 내 차례다."

하후곤이 돌덩이로 빚은 듯한 그의 단단한 주먹을 들어 올리자 태무선이 가슴을 폈다.

하후곤과 같은 자세였다.

"호!"

하후곤이 웃었다. 지금껏 자신의 공격을 받을 준비를 하

166

던 사내들은 몸을 움츠리며 방어할 자세를 취했다. 그들은 하후곤의 주먹을 정면을 받아낼 용기나 대범함 따위는 없었던 것이다.

그러나 태무선은 달랐다.

"재미있는 녀석이구나. 부디 네 몸이 깡다구만큼이나 단단하길 바라마!"

하후곤의 주먹이 태무선의 복부를 올려쳤다.

펑—!

북 터지는 소리와 함께 태무선의 신형이 살짝 들렸다.

이를 지켜보던 성성미는 차마 지켜볼 수 없는 듯 눈을 질끈 감았고, 유선과 현각의 눈이 더할 나위 없이 커졌다. 유일하게 진사은만이 무표정한 얼굴로 태무선과 하후곤을 응시했다.

"어떠냐."

"좋은 권격입니다."

태무선은 숨조차 고르지 않고 태연한 얼굴로 하후곤을 마주했다.

"하하하하!!"

천하의 철혈 하후곤에게 좋은 권격이라는 칭찬을 하는 사내 녀석이 있다니, 놀라울 따름이었다. 두 주먹으로 하남일대를 정복한 하후곤은 이 맹랑한 사내에게 강렬한 호기심을 느꼈다. 겉으로 봐서는 외공을 익히지 않은 듯 했는데, 그의 몸은 마치 강철로 빚은 듯 단단했다. 이는 단순한 외공을 배운 것으로는 불가능했다.

"아무래도 너와 난 이 방식으로 끝을 볼 수 없을 것 같구나. 안 그러냐?"

"동감입니다."

서로가 서로의 몸에 주먹을 꽂아 넣었다. 그리하여 두 권사는 깨달았다. 서로의 몸을 보호하는 호신강기는 내공을 담지 않은 주먹으로는 깰 수 없다는 것을.

"감당할 수 있겠느냐."

"없었으면 찾아오지도 않았습니다."

"좋다. 이번에도 선공을 양보하지."

"알겠습니다."

내공을 담기로 한 견투에서 선공을 양보한다는 것은 매우 위험한 일이었다. 견투는 피할 수 없는 사투. 내공이 담긴 권격을 그대로 맞아줘야 한다는 뜻이었다.

"자 와라!"

꽈앙—!

태무선의 주먹이 번개처럼 뻗어나가 하후곤의 몸을 후려쳤고, 둘의 손을 잇고 있는 수갑의 사슬이 출렁였다.

"크으으!"

하후곤은 기다란 미소를 지었고, 그 미소 사이로 혈향이 흘러나왔다.

"아주 오랜만에 맛보는… 아주 매운 주먹이로구나."

웃음 띤 얼굴로 고개를 든 하후곤은 자신의 두 발이 살짝 밀려났음을 확인했다. 누가 감히 무림오강 중 한 명이자 철혈이라 불리던 자신을 밀어낼 수 있단 말인가. 오랜만에 느껴지는 호승심이었다.

"자, 내 주먹을 받을 준비는 되어 있느냐."

"예."

"그럼… 죽지 마라."

쾅—!

출렁—!

수갑의 사슬이 출렁이며 둘의 견투를 지켜보던 성성미가 자리를 박차고 일어섰다.

양손으로 입을 가린 성성미의 두 눈은 더할 나위 없이 커져 있었고, 이는 유선과 현각도 마찬가지였다.

"말도 안 돼……."

철혈 하후곤이 내지른 권격에는 엄청난 기운이 담겨 있었고, 이를 정면으로 받아낸 태무선의 두 다리가 대지를 깊게 파고들어갔다. 허리는 뒤로 꺾였고, 입고 있던 무복은 하후곤의 주먹 모양으로 찢겨져 있었다.

"죽었느냐."

하후곤의 물음에 허리를 뒤로 꺾고 있던 태무선이 서서히 몸을 일으키며 땅에 박혀 있던 자신의 두 다리를 뽑아내며 멀어졌던 하후곤을 향해 다가갔다.

"아직은 아닌 듯합니다."

"하하하하하!!"

진심을 담은 권격이었다. 상대가 누구든 간에 막거나 피하지 않는다면 필시 꺾을 수 있는 힘이었건만, 지금 자신의 앞에 선 사내는 꺾이지 않았다. 오히려 단단히 서서 자신을 향해 세 번째 권격을 준비했다. 그리고 그 사내는 오만한 부탁을 던졌다.

"죽지 마십시오. 그럼 이 모든 귀찮음이 헛수고가 되니."

"크흐하하하! 좋다! 좋아!"

양손을 펼친 하후곤이 태무선을 향해 소리쳤다.

"와라!"

꽈아아앙—!!

"아……."

성성미의 눈동자가 심하게 흔들렸고, 그녀의 손끝이 파르르 떨렸다.

"아버지……."

무적. 절대강자.

그 누구에게도 질 것 같지 않았던, 자신의 아버지가 한 사내의 주먹질에 의해 날아가 벽을 뚫고 사라졌다. 사내와 하후곤의 손목을 이어주던 수갑은 박살난 지 오래였다.

"후."

내공을 담은 권격을 내지른 태무선은 벽을 뚫고 사라진 하후곤을 응시하며 손목을 풀어주며 몸을 이완시켰다.

"준비됐습니다."

태무선이 양팔을 벌리며 서자 무너진 담벼락 사이로 하후곤이 근육질의 상체를 온전히 드러낸 채 나타났다.

그는 입과 코에서 피를 줄줄 흘리고 있었는데, 눈동자에 담긴 빛은 더욱 짙어졌다.

"그럼 지체 없이 시작하자고!"

태무선에게 성큼 걸음으로 걸어간 하후곤이 태무선을 향해 주먹을 휘둘렀다. 역시나 내공이 담긴 주먹질이었고, 하후곤의 권격을 맞은 태무선의 신형이 바닥에 처박혔다. 그 힘이 얼마나 대단했는지, 유선과 현각이 흔들리는 대지 때문에 두 다리에 힘을 주어 신형을 지탱해야 했고, 비틀거리는 성성미를 성가문의 무인들이 붙잡아줘야 했다.

"설마 벌써 끝난 것은 아니겠지?"

하후곤의 물음에 태무선이 자신의 몸을 뒤덮은 돌과 흙더미를 밀어내며 흙더미 속에서 몸을 일으켰다.

역시나 태무선의 상의는 찢겨져 형체를 알아볼 수 없고 입에선 선혈이 흘러나왔다.

"그럼 갑니다."

"와라!"

태무선이 하후곤에게 다가가 주먹을 휘둘렀다.

꽈앙—!

하후곤의 신형이 휘청이며 입에서 피가 쏟아져 나왔다.

"간다!"

무너지지 않고 선 하후곤이 주먹을 휘둘렀다. 그의 주먹에 맞은 태무선의 몸이 크게 흔들리며 그의 입에서 피가 쏟아져 나왔다. 더 이상의 말은 필요 없었다.

두 권사는 서로를 향해 번갈아가며 주먹을 휘둘렀고, 그럴 때마다 커다란 굉음과 함께 지면이 크게 흔들렸다. 두 권사의 입에서 뿜어져 나온 피는 어느새 주변을 붉게 적셨다. 두 권사는 피 칠갑을 한 채로 서로를 응시했다.

'어디서 이런 괴물이 나타났는가!'

하후곤은 잔뜩 흥분한 채로 태무선을 노려보았다.

겉보기에는 스물 중반 정도 되어 보이는 태무선이 이제 반 백 살이 넘어가는 자신과 대등한 싸움을 펼치고 있었다. 벌써 몇 번째인가 자신의 온 힘을 다한 권격을 막거나 피하지도 않은 채 그대로 받아낸 것이!

'얼마만인가! 이렇게 짜릿한 사투가!'

짜릿한 흥분감이 하후곤의 온몸을 잠식했다.

이제 성성미의 남편감을 찾는 선발회 따위는 안중에도 없었다. 그에게 중요한 것은 지금 이 순간, 자신을 닮아 있는 저 사내와 결착을 짓는 것!

두 무인은 약속이라도 한 듯 서로를 향해 권격을 번갈아

172

가며 나뒀고, 이를 지켜보던 모든 이들은 넋을 놓은 채 지켜볼 수밖에 없었다.

"괴물… 괴물들이야."

유선은 지금 눈앞에 펼쳐지는 두 권사의 싸움이 도저히 믿겨지지가 않았다. 평범한 무인이었다면, 아니, 자신이었다면 진작 온몸이 박살나 곤죽이 된 채로 죽어 있었을 것이다. 이는 현각도 마찬가지였는데, 그는 자신이 얼마나 정중지와(井中之蛙)였는지 깨달았다.

'난 우물 안 개구리였다. 세상엔 이토록 강한 이들이 존재했다니.'

철혈이라 불리는 하후곤의 강함은 이미 알고 있었다. 그러나 태무선의 진정한 강함을 보는 것은 이것이 처음이었다.

'이것이 마교의 교주!'

현각의 가슴이 무겁게 내려앉았다.

무너졌다고, 이젠 유명무실해졌다고 알려진 마교의 강함은 무당파를 넘어선 것처럼 보였다.

"프흐흐… 크흐!"

입술을 타고 흘러내리는 피가 기다랗게 이어져 바닥을 적셨다. 피를 너무 많이 흘린 탓인지 하후곤은 머리가 어지러웠다.

"후우."

이는 태무선도 마찬가지였는데, 그는 입안에 고인 피를 뱉으며 하후곤을 노려보았다.

여전히 두 무인은 말이 없었다. 다만, 무엇을 해야 할지는 말을 하지 않아도 알고 있었다.

'이번 한 번에 끝난다.'

'이번에 버티는 쪽이 이긴다.'

한계에 다다른 신체에게 두 번의 기회는 없다. 이제 남은 것은 단 한 번의 권격. 마지막 권격이 태무선의 것이었으니, 선공은 하후곤의 것.

"이미 넌 열 번의 권격을 버텨냈다. 이걸로 만족하겠느냐……."

"그럴 리가 있겠습니까."

"크흐흐… 역시 너는 나를 닮았다."

쿵—!

하후곤이 앞으로 나아가 태무선의 앞에 섰다.

들어올린 주먹은 어깨 높이로 올라섰고, 하후곤의 주먹이 태무선을 향해 일직선을 그리며 나아가려고 할 때, 아무도 예상하지 못한 일이 벌어졌다.

가만히 앉아 들개들의 사투를 지켜보던 성성미가 의자를 박차고 달려가 태무선과 하후곤의 사이로 끼어든 것이다.

'이런!'

전혀 예상치 못한 성성미의 돌발행동에 하후곤이 주먹을

거두려 했으나, 이미 지칠 대로 지친 신체는 말을 듣지 않았다. 시위를 떠난 활처럼 하후곤의 주먹은 성성미를 향해 곧장 나아갔다.

"끙!"

갑자기 끼어든 성성미 때문에 곤란해진 것은 비단 하후곤만이 아니었다. 하후곤의 주먹을 받아낼 준비를 하던 태무선은 갑작스레 나타난 성성미를 발견하고는 손을 뻗어 그녀의 어깨를 움켜쥐며 신형을 홱— 돌렸다.

꽝—!

태무선이 밀친 성성미는 무사히 바닥에 쓰러졌고, 그녀를 날리며 몸을 날린 태무선은 아무런 준비도 하지 못한 채 날아드는 하후곤의 주먹에 맞아 튕겨나갔다.

마지막 권격이라 생각한 하후곤이 혼신의 힘을 다한 권격. 그의 권격을 맞은 태무선은 피를 흩뿌리며 날아가 바닥을 몇 바퀴 구른 후 널브러졌다.

"이런……!"

성성미에게 비틀거리며 다가간 하후곤은 그녀가 무사함을 깨닫고는 태무선에게로 고개를 돌렸다. 그곳엔 언제 도착했는지 모를 면사를 쓴 여인이 태무선의 상태를 살피고 있었다.

"괜찮나."

귓가에 웅웅거리며 들려오는 진사은의 목소리에 태무선

이 작게 고개를 끄덕였다.

"죽지 마라. 네가 죽으면 내가 곤란해진다."

진사은의 손이 빠르게 움직였다. 뼈가 부러지고, 내장이 뒤틀린 것은 문제가 되지 않는다.

문제는 뒤틀리고 찢겨진 혈도.

이를 위해서는 추궁과혈을 해줘야 했기에 진사은은 두 무릎을 꿇고 두 손을 빠르게 움직였다.

백화궁의 궁주들에게만 전수된다던 백화궁의 무공 중 백련화수(白蓮花手)의 수법을 펼친 진사은의 두 손이 빠르게 움직였다. 그녀의 열손가락이 마치 꽃봉오리처럼 펼쳐지며 태무선의 혈도를 자극했다.

상대의 혈도를 점하여 제압하는 일종의 금나수의 수법이라 할 수 있는 백련화수의 수법으로 태무선의 망가진 혈도를 보전하려 노력했다.

한편, 충격에 의해 혼절한 성성미를 뒤로하고 태무선을 살피러 온 하후곤은 태무선에게 추궁과혈을 하고 있는 진사은을 향해 말을 건넸다.

"그 녀석은… 괜찮은 것이냐."

"괜찮길 바라야 할 것이다."

진사은의 입에서 냉랭한 목소리가 흘러나왔다.

태무선의 혈도를 어느 정도 보전시킨 진사은이 고개를 돌려 하후곤을 응시하며 말했다.

"이자의 신변에 문제가 생기면, 성가문과 당신은 이에 따른 대가를 치러야 할 테니."

건방지기 그지없는 경고였으나, 하후곤은 여인의 몸에서 은연중에 풍기는 기운이 보통이 아니라는 것을 깨달았다.

경고를 마친 진사은은 태무선의 가슴에 손을 올렸다.

'괜찮아야 할 것이다.'

흔들림 없던 진사은의 눈동자가 조금씩 흔들리기 시작했다.

준비(準備)

"후우우우."

벌려진 구황경의 입 사이로 검은 연기가 흘러나왔다.

"드디어……."

구황경의 손아귀에 붙들린 채 껍질만 남아버린 남자의 눈동자에선 더 이상의 생기를 엿볼 수 없었다.

"미, 미친 놈!"

이 모습을 처음부터 끝까지 지켜보던 남자는 믿을 수 없다는 듯 입에 거품까지 문 채 구황경을 노려보았다.

"이제 이 정도 마기는 제어할 수 있게 되었다."

흑풍당의 당주이자 사파의 이름난 마두, 흑풍혈주 강득

걸의 마기를 흡수하는 데 성공한 구황경은 자신의 팔을 내려다보았다.

검게 돋아난 핏줄이 시간이 지남에 따라 점차 원래의 모습을 되찾았다.

지금껏 제어되지 않고 멋대로 미쳐 날뛰던 마기를 드디어 제어할 수 있게 된 구황경은 자신을 귀신 보듯 바라보고 있는 붉은 무복의 남자에게로 다가갔다.

"흡성대법은 무림맹이 없앴을 텐데……!"

"대다수의 사람들이 그렇게 믿고 있지."

구황경은 붉은 무복의 남자의 앞으로 다가가 그의 앞에 주저앉았다.

"네 마기를 흡수하기 위해서는 시간이 조금 필요할 것 같군. 그러니 인내심 있게 기다리거라."

"미친 놈… 흡성대법으로 흡수한 힘이 정말로 네 것이 될 수 있을 거라 믿는 것이냐!"

"그딴 건 아무래도 상관없다."

구황경이 가볍게 손을 휘젓자 그의 손에서 쏘아진 검은 빛의 기운이 두꺼운 벽으로 날아가 폭음성과 함께 벽에 커다란 구멍을 만들어냈다.

이를 바라보던 적의의 남자는 믿을 수 없다는 듯한 얼굴을 한 채로 입을 벌리고 있었다.

방금 구황경이 날려 보낸 묵색의 기운이 무엇인지 그 남자는 잘 알고 있었다.

"그, 그건… 강득걸의……."

"그래, 강득걸을 흑풍혈주로 만들어준 흑풍선장(黑風線掌)이지."

정말로 믿을 수 없는 일이었다. 본디 무공이란 내공심법과 조화를 이루며 오랜 시간의 수련과 특별한 깨달음을 통해 얻는 것을 칭했다.

그런데 흑풍혈주 강득걸의 비전무공을 배운 적이 있을리가 없는 구황경이 강득걸의 절기인 흑풍선장을 아무렇지 않게 펼친 것이다.

게다가 그 위력은 강득걸보다 강했으면 강했지, 결코 뒤떨어지지 않았다.

"흡성대법으로 흡수한 힘을 내 것이 아니라 하였나."

"이게… 어떻게……."

"흡성대법이야말로 이 세상에서 가장 완벽한 무공이다. 취할 수 없는 무공이란 없으며, 취할 수 없는 기운이란 없다. 그야말로 이 세상의 주인에게 가장 걸맞은 무공이지."

흡성대법이 취할 수 없는 기운이란 없다. 흡성대법이 취할 수 없는 무공이란 없다. 이 세상 모든 무공과 기운을 탐(貪)하니, 능히 세상을 취할 수 있으리라.

구황경은 몸을 일으켜 붉은 무복을 입은 남자에게로 다가섰다. 사지가 묶인 남자는 두려움에 몸을 벌벌 떨며 자신에게로 다가오는 구황경에게서 벗어나려고 했으나, 그의 뒤에는 단단하고 어두운 벽만이 존재했다.

"두려워하지 말고 기뻐하거라. 네놈이 가진 힘이 비록 보잘 것 없다하여도 이 세상의 주인이 될 나의 밑거름 중 하나가 될 테니."

"으으으… 안 돼… 안 돼에!!"

흡기를 마친 구황경은 강득걸과 마찬가지로 껍질만 남아 있는 붉은 무복의 남자를 놓아주며 몸을 일으켰다.

"후우우우!"

강렬한 마기가 온몸에 소용돌이치며 저항했으나, 이 또한 무의미했다. 흡성대법이 대성에 가까워짐과 동시에 구황경이 흡수한 기운들은 더 이상 저항하지 못했다.

정파무인들이 뿜어내는 선기(仙氣)는 물론이요, 이제는 사파무인들의 마기(魔氣)까지 정복했다. 이제 더 이상 구황경이 흡수하지 못하는 기운이란 존재하지 않았다.

"드디어 벽을 넘으셨군요."

언제부터 있었던 걸까.

사악교의 신녀, 비현은 신묘하면서도 아름다운 미소를 머금은 채 구황경을 맞이했고, 장포를 걸쳐 입은 구황경은 신녀의 곁으로 다가섰다.

"마기를 정복했으니, 이제 내가 취하지 못하는 힘이란 없소."

"축하드립니다. 미뤄왔던 흑도마수의 힘을 취하실 때가 오셨군요."

"흑도마수……."

흑풍혈주와 마홍문주의 힘을 흡수하여 얻어낸 마기의 양은 실로 엄청났다. 평생을 무공에 연마한 이들의 힘이었으니, 어찌 보면 당연한 일이었다.

그러나 흑풍혈주와 마홍문주의 기운은 흑도마수에 비하면 조족지혈(鳥足之血)이나 다름없었으니 구황경은 흑도마수의 힘을 취할 생각에 절로 미소가 지어지는 듯 했다.

하지만.

"아직은 때가 아닙니다. 사강목의 힘은 내가 최적의 상태일 때… 지금처럼 잡스러운 마기를 두르고 있을 때에 흡수해선 안 됩니다."

"하긴, 사대협의 마기는 보통의 마기와는 차원이 다르니까요."

"그나저나 신녀께서는 하시던 일을 잘 하고 계신지요."

"아쉽게도 잘 풀리지 않았어요. 항상 문을 열어놓던 무신각은 무슨 연유에서인지 문을 꼭꼭 닫아놓았고, 괴선창의 행방은 여전히 오리무중이에요."

구황경은 손을 뻗어 비현의 머리를 부드럽게 쓰다듬어주었다.

"너무 서두르시지 않으셔도 됩니다."

비현은 구황경의 차가운 손을 따스하게 어루만졌다.

"네. 아! 그리고 아랑단주께서 돌아오셨어요. 은요님도 함께요."

백은섭과 은요의 귀환소식에 구황경의 시선이 천천히 앞을 향했다.

"실패했습니다."

백은섭은 숨김없이 당당하게 대답했고, 구황경은 옥좌에서 턱을 괸 채 백은섭과 은요를 바라봤다.

"왜 실패했지?"

실패의 이유를 묻는 구황경에게 백은섭은 자신이 겪은 일들에 대해서 얘기했다.

비림의 살수들을 동원했고, 함정과 독을 사용했으며, 자신이 직접 나서서 마교주와 싸웠던 모든 일들을.

이 모든 얘기들을 말없이 듣고 있던 구황경은 백은섭의 얘기가 끝나자 가만히 눈을 감은 채 생각에 잠겼다.

그렇게 구황경이 생각에 잠긴지 일각의 시간이 지났고, 감았던 눈을 뜬 구황경이 백은섭과 눈을 마주했다.

"현 마교주의 수준이 어느 정도라고 생각하느냐. 흑도마수와 비교하여."

"흠… 흑도마수를 잡은 것엔 신녀님의 공이 큽니다. 제가 직접 싸워보질 못하여 확실하진 않겠지만… 약 세 배

정도 차이 납니다.”

“세 배라 함은?”

“현 마교주인 태무선은 흑도마수보다 세 배가량 강합니다.”

“나와 비교한다면?”

“십 초.”

백은섭의 눈빛엔 확신이 담겨 있었다.

“십 초 안에 교주님이 태무선의 목을 취할 수 있으실 겁니다.”

백은섭과의 대화를 마친 구황경은 이번엔 은요를 응시했다. 백은섭을 통해 은요가 태무선이 아닌 백화궁을 방문했다는 것을 알고 있었다.

“백화궁의 일은 어떻게 되었지?”

“한 달이라는 시간을 주었습니다. 하지만 기간과는 관계없이 백화궁은 사악교에게 무조건적인 협력을 약속할 것입니다.”

“확신하는가.”

“그렇습니다.”

“그 이유는?”

“현 백화궁엔 지도자인 궁주가 없는 거나 다름없습니다. 사맥으로 인하여 백화궁주는 침대에 누워 아무것도 하지 못하고 있습니다.”

"궁주를 잃은 백화궁이라……."

백화궁에서 가장 중요한 것은 백화궁의 안위나 미래가 아니었다. 백화궁이 가장 중요하게 여기는 것은 바로 백화궁의 주인인 궁주의 안위.

모든 것이 전부 사라진다고 해도 궁주만큼은 지켜야 하는 것이 백화궁의 가장 중요한 규율이었다.

그런 상황에서 백화궁의 지도자인 궁주가 사맥으로 인하여 사경을 헤매고 있으니, 그들은 사악교의 제안을 거절할 수 없으리라.

"수고했다. 그리고 아랑단주."

"예, 교주님."

백은섭이 한쪽 무릎을 꿇고 고개를 숙이자 구황경이 말했다.

"네게 내린 명령을 수정하겠다. 마교주를 생포하여 내 앞에 데려와라. 이를 위해선 사악교의 어떠한 자원이라도 사용하게 해줄 테니."

"어떠한 자원이라도 말씀이십니까?"

"그래. 모든 방법과 수단을 동원하여 마교주를 살려서 데려오도록."

"존명."

백은섭이 일어서자 구황경의 시선이 이번엔 은요를 향했다.

"이 임무에는 백귀도 함께 한다. 반드시 마교주를 내 앞으로 데려오도록."

태무선을 사로잡아오라는 구황경의 명령. 은요는 고개를 숙이며 답했다.

"존명."

* * *

"크흐으음!"

천리봉에 존재하는 임시 무림맹.

그곳에서도 가장 은밀한 곳에 터를 잡은 남궁수호는 의자에 앉아 탁자위에 올려 진 서신들을 못마땅한 눈초리로 노려봤다.

"이대로 가다간 구황천의 말대로 될 겁니다."

"그게 나쁘다고 생각하는 것이오?"

"나쁘다는 말을 하려는 게 아니오! 황 대인도 내가 무슨 말을 하려는지 알고 계시지 않소?"

그의 말대로였다.

황교각은 남궁수호의 의도를 알고 있었다.

조부와 아비가 대를 이어 무림맹의 맹주직을 수행해왔고, 구황천은 조부인 구황목과 아비인 구황기의 재능을 물려받았다는 이유로 무림맹의 맹주직에 올랐다.

비록 맹주대행이라지만, 지금 모든 정파의 무인들이 구황천을 맹주로 여기고 있다. 아들 뻘의 젊은 맹주가 전쟁에 패배하여 무림맹을 천리봉이라는 중원의 구석진 곳에 처박히게 만들었으니, 남궁수호는 이를 계기로 구황천을 맹주의 자리에 끌어 내리려고 하고 있었다.

뭐, 틀린 말은 아니다. 적어도 젊은 맹주의 치기 어린 결정으로 정사대전에 패배하게 되었으니. 그러나 냉정하게 따지자면 정사대전의 패배는 구황천의 무능함이 아니라 사악교주가 쓴 수십 개의 벽력탄 때문이었다.

남궁수호는 이를 인정하지 않는 듯하지만.

"이대로 구황천이 계속해서 무림맹을 이끌어나가다가는 두 눈 멀쩡히 뜬 채로 사악교에게 중원의 패권을 넘겨주게 생겼소!"

"그리하여 맹주가 마교주와 손을 잡고 사악교와 맞서는 것이 아니겠소."

"허! 잊으셨소? 마교가 지금 이 꼴이 난 이유가 무엇인지? 마교는 믿을 만한 족속들이 아니오!"

"이이제이라 하였소. 사파의 우두머리로 사파의 우두머리를 잡는 것이니 우리로서는 손해 볼 것이 없는 셈이지. 다만……."

세가에서 쫓겨나듯 맹으로 들어온 남궁수호.

권력에 대한 야망으로 가득 찬 그가 마음에 드는 것은 아니다만, 어느 정도 장단은 맞춰줘야겠지.

"사악교보다는 마교의 교주를 더욱 조심해야 하는 건 사실이오."

"역시… 황 대인도 그렇게 생각하는구려."

"그는 마교의 교주이면서도 무림맹과 손을 잡았고, 비역만과 녹림 그리고 장강이 마교에 엮여 있음을 알게 되었소. 그게 뭘 뜻하는지 알고 있소?"

뜻을 알 길 없는 황교각의 물음에 남궁수호가 입을 다물었다. 무슨 의도로 던져진 질문인지 파악하기 위함이라. 남궁수호의 눈동자가 빨라지자 황교각이 입을 대신 열었다.

"지금껏 사파의 문파들 위에서 군림하던 마교가… 이제는 정파 외의 세력들을 제 것으로 만들기 시작했다는 뜻이오."

"아!"

그제야 깨달았다는 듯 남궁수호가 입을 살짝 벌린 채 감탄과 탄식을 동시에 내뱉었다.

"게다가 검신이 두 눈을 뜨고 버티고 있는 한 구황천을 쉽사리 건들지는 못할 테니, 남궁장로는 마교의 교주에게 신경 쓰고 계시오. 장로의 말대로 언제 그들이 우리에게 이빨을 세울지 모르니."

남궁수호가 떠나고 홀로 남겨진 황교각은 전서구가 물어온 서신을 펼쳐 그 안에 담겨 있는 내용들을 눈으로 훑었다.

슥—

서신을 품에 갈무리하여 넣은 황교각은 생각을 감히 들여다볼 수 없을 만큼 깊고 어두운 눈길로 어둠이 내려앉은 천리봉의 세상을 바라봤다.

"마교의 교주라……."

＊　＊　＊

"끙!"

마치 자신의 몸이 자신의 것이 아닌 듯 느껴졌다.

오랜만에 한 하후곤과의 견투는 태무선의 몸을 생각 이상으로 망가뜨렸다. 마지막 순간 갑자기 난입한 성성미를 지키려다가 하후곤이 혼신의 힘을 다해 휘두른 권격을 허공에 몸이 뜬 채로 맞아버리고 말았다.

충격을 흡수하지도 못한 채 철혈의 권격을 온몸을 받아낸 태무선은 기혈이 뒤틀리고 혈맥이 끊어졌다. 자칫했다간 죽음에 이르거나 주화입마에 이를만한 부상.

"죽겠네."

푹신한 침대에서 몸을 반쯤 일으킨 태무선은 자신의 옆

에서 부스스한 얼굴로 고개를 드는 진사은을 발견했다.

"일어났는가."

꽤 오랫동안 잠을 자지 못한 것인지 진사은의 얼굴은 꽤나 수척해져 있었다.

"내가 오랫동안 기절해 있었던가?"

"사흘 내내 정신을 잃고 있었다. 다행히 내가 생각한 것 이상으로 단단한 몸을 지니고 있더구나."

태무선이 정신을 차린 것을 확인한 진사은은 몸을 일으키며 기지개를 켰다.

"난 세안을 하고 오겠다."

진사은이 세안을 하고 돌아오겠다며 자리를 떠나자 이윽고 유선과 현각이 태무선을 찾아왔다.

"교주님! 몸은 괜찮으세요!?"

유선이 황급히 달려와 태무선의 곁에 앉았고, 그녀의 뒤로 현각이 다가왔다.

둘의 표정은 몹시 격양되어 있었는데, 태무선이 혼절해 있는 사흘간 그들도 꽤나 마음고생을 한 모양이었다.

그중에서도 유선은 진사은과 마찬가지로 눈 아래가 푸른 것을 보아하니 잠조차 제대로 자지 못한 듯 했다.

"이렇게 무식한 방법으로 남편감을 뽑으려 한다니… 이제 보니 철혈이라는 작자가 자기 분풀이 상대를 찾던 것 같아요! 안 그러면 사람을 이 모양 이 꼴로 만들어놓진 않앉겠죠!"

나름 무림의 선배라고 할 수 있는 하후곤이 태무선을 상대로 견투를 벌인 것이 마음에 들지 않았는지, 유선은 화를 내며 말을 쏟아냈다.

그녀의 분노를 받아주는 척을 하며 애써 고개를 돌린 태무선은 이윽고 자신을 찾아온 하후곤과 눈이 마주쳤다.

"오셨습니까."

태무선의 인사에 한창 하후곤을 욕보이던 유선이 화들짝 놀라며 자리에서 일어섰다.

"오, 오셨습니까."

어색한 손짓과 표정으로 하후곤을 맞이한 유선이 은근슬쩍 뒤로 물러서자 그 자리를 하후곤이 대신했다.

그는 견투에서 벌어진 불미스러운 일이 마치 자신의 잘못인 양 어두운 얼굴을 하고 있었다.

"몸은 괜찮은가?"

"나쁘진 않습니다."

"진사은이라는 여인이 밤낮을 가리지 않고 추궁과혈을 해줌으로써 네 혈도를 보전해주었다고 하더구나. 물론 그 외에도 네가 배운 무공의 특성 덕분인지 아니면 원래 네 몸이 튼튼한 건지… 상처에 비해선 빨리 정신을 차렸어."

그제야 진사은이 자신을 위해 사흘밤낮으로 간호를 해줬다는 것을 알게 된 태무선은 고개를 끄덕이며 침대에 걸터

앉았다.

"일어나지 말고 최대한 안정을 취하게."

"해야 할 말이 있습니다."

"그전에 나부터 할 말이 있네."

태무선이 무슨 말을 꺼내기 전에 하후곤이 포권을 하며 고개를 숙였다. 이 모습을 지켜보던 유선과 현각은 놀란 표정을 지으며 입을 벌렸는데, 그도 그럴 것이 무림의 대선배이자 무림오강 중 한 명인 하후곤이 스스로 태무선에게 고개를 숙인 것이다.

놀라움도 잠시 고개를 숙인 하후곤이 무거운 목소리로 입을 열었다.

"먼저 자네에게는 미안하다는 말부터 하겠네. 나는 내 소중한 딸 성미를 위해서 그 아이를 지켜줄 만큼 강한 사내를 사위로 맞이하고 싶었네."

성성미는 하후곤의 금지옥엽이었다. 오죽했으면 하후곤은 무림오강으로 불리게 된지 얼마 지나지 않아 무림에서 모습을 감췄는데, 그 이유가 성성미의 탄생 때문이었다.

"나의 욕심이… 그 아이와 자네를 병들게 만든 것이지. 그리고 또 하나… 자네는 충분한 가치를 증명했네. 하지만……."

"제가 말씀드리겠습니다."

하후곤의 등 뒤에서 성성미의 목소리가 들려왔다.

어느새 하후곤을 따라 태무선의 방으로 들어온 성성미는 금방이라도 눈물을 쏟아낼 것만 같은 얼굴로 태무선에게 다가와 고개를 숙였다.

"정말로 죄송합니다. 곽 소협… 저는 이미 가슴속에 마음을 둔 이가 있습니다. 저의 거짓된 마음 때문에 곽 소협이 다칠까 두려워 아버지와의 싸움을 말리려다가… 오히려 소협을 다치게 하였습니다."

누구도 예상하지 못한 성성미의 고백에 하후곤의 얼굴은 더욱 어두워졌고, 그녀의 고백에 유선과 현각이 황당한 표정을 지었다.

그도 그럴 것이 성성미에게 이미 연모하는 사람이 있다면 지금껏 이 모든 선발회에는 무슨 의미가 있었던 것인가? 아무런 의미도 없는 선발회를 위해서 태무선은 무려 사경을 헤매지 않았는가? 직접 참여하지 않은 유선이 화가 난 얼굴로 하후곤과 성성미를 노려봤으나 그녀가 할 수 있는 것은 아무것도 없었다.

이러나저러나 하후곤은 무림오강이었기에 홍의방의 무인 중 한 명일뿐인 유선이 뭘 할 수 있겠는가. 그저 눈을 부라리며 불편한 심기를 드러낼 뿐이었다.

"미안하네."

"죄송합니다."

둘은 미안한 마음에 사죄를 해 왔고, 유선은 화가 잔뜩

난 얼굴로 부녀를 노려봤으며, 현각은 혼란스러운 마음을 감추지 못했다. 모두가 각기 다른 감정을 표출하고 있을 때 태무선이 고개를 끄덕였다.

"알겠습니다."

"이해해 준다니 고맙긴 한데……."

너무도 담담한 태무선의 대답에 오히려 당황한 쪽은 하후곤과 성성미였다.

이대로 태무선이 성성미와 혼인을 올리겠다며 자신의 혼인권을 주장했다면 하후곤과 성성미의 입장은 매우 난처해졌을 것이다. 그런데 이제 보니 태무선은 성성미와의 혼인에는 별 관심이 없는 듯했다. 중원을 종횡무진 하던 하후곤은 눈치가 없는 자가 아니었다.

"그렇다는구나. 너는 이만 돌아가 보거라. 곽 소협도 안정을 취해야 할 것이니."

"알겠습니다. 다시 한번 속여서 죄송합니다. 곽 소협."

정중한 사죄를 올린 성성미가 자리를 떠나자 사뭇 달라진 얼굴을 한 하후곤이 태무선을 노려보았다.

"이제 보니 네 녀석은 애초부터 나의 딸과의 혼사에는 관심이 없었구나."

달라진 하후곤의 분위기.

방금까지만 해도 딸의 실수를 덮어주기 위한 자상한 아버지였다면, 지금은 그야말로 철혈(鐵血).

무림오강 중 한 명인 하후곤으로 돌아온 남자는 낮게 가라앉은 눈동자로 태무선을 마주했다.

"네 정체가 무엇이냐. 혹여나 패산문을 들먹이진 않는 것이 좋을 것이다."

"내 이름은 태무선."

침대에서 일어난 태무선이 하후곤과 마주섰다.

자신을 곽도운의 아들 곽도한이라고 소개한 남자는 이제 없다. 철혈의 남자를 마주한 이는 형용할 수 없는 강대한 기운을 품에 안은 남자였다.

'강하다. 이 나이에 이 정도 힘을 가지고 있다니.'

하후곤은 진심으로 감탄했다. 아직 자신의 반도 살지 못한 꼬맹이의 힘이 자신과 대등하거나 혹은 자신을 넘보려 하고 있었다.

"마교의 교주다."

자신을 드러내는 순간, 태무선의 태도가 바뀌었다.

지금까지는 그래도 무림의 후배로서 선배와 어른에 대한 공경을 내보였다면, 지금은 마교의 교주로서 그 누구의 아래에도 위치하지 않았다. 그저 당당할 뿐.

"마교의 교주… 마교의 교주가 나를 왜 찾아온 거지."

질문을 던졌으나 하후곤의 태도는 적대적이었다. 그는 이미 태무선이 자신을 찾아온 이유를 아는 듯했다.

"이곳에 무림오강 중 한 명인 하후곤이 있다는 얘기를 들었거든."

"그렇군, 너는 나를 만나기 위하여 관심도 없는 선발회에 뛰어든 거로군."

"그래."

"그렇다면 시간 낭비할 것 없이 미리 말하도록 하지. 나는 정파니 사파니 하는 것들이 벌이는 패권다툼에는 관심이 없다."

"그럼 됐다."

그걸로 끝이었다. 태무선은 더 이상 볼일이 없다며 침대에서 일어나 하후곤을 스쳐지나갔고, 돌아가는 상황을 미처 파악하지 못한 채 멍하니 서 있던 유선과 현각이 방을 빠져나가는 태무선을 따라 나섰다.

"정말로 이대로 가는 건가요!?"

유선이 말도 안 된다는 듯 물어오자 태무선이 고개를 끄덕였다.

"싸우기 싫다는 자를 억지로 끌고 가서 뭐해."

"하지만… 그래도 설득이라도 해봐야 하는 게 아닌가요? 저희가 여길 어떻게 왔는데…….."

"확인해야 하는 건 전부 확인했어."

방을 빠져나온 태무선은 멀리서 자신을 향해 다가오는 진사은을 발견했다. 깨끗하게 세안을 마쳤는지 진사은의 얼굴은 원래의 깨끗하고 단정한 모습으로 돌아와 있었다.

"움직이는 것은 괜찮은 거냐."

정신을 차린 지 얼마 되지도 않은 태무선이 벌써 침대를 벗어나 몸을 움직이자 진사은이 걱정 어린 시선으로 태무선을 위아래로 살폈다.

"걷는 것 정도는 괜찮아."

모든 일의 결정권자는 태무선이었기에 일행은 할 수 없이 성가문을 빠져나와 패산문으로 돌아왔다.

"무슨 일이 있었던 겁니까!?"

근 나흘 만에 패산문으로 돌아온 태무선의 몸이 망신창이가 되어 있는 것을 발견한 곽도운은 꽤나 놀란 표정으로 태무선을 맞이했고, 태무선은 피곤하다며 자신의 방으로 들어가 버렸다.

"이게 어떻게 된 것이냐?"

할 수 없이 유선에게로 시선을 옮긴 곽도운이 어찌된 영문인지를 묻자 유선은 패산문에서 벌어졌던 일들을 간략하게 얘기해 주었다.

"허… 그냥 돌아왔단 말이지."

"확인하고 싶었던 것은 모두 확인했다는데… 그게 뭔지는 말씀해 주시지 않더라고요. 뭐, 다 생각이 있으시겠죠."

"하긴, 교주께서는 다 생각이 있으시겠지."

곽도운과 유선은 태무선에 대해 깊이 생각하지 않기로

하였다. 그는 자신들이 가진 생각의 범주를 아득히 넘어선 존재였으니 말이다.

'견투라.'

곽도운은 태무선이 곽도운과 벌인 견투에 대해 떠올렸다.

'철혈이라 불리우는 하후곤과 그런 무식한 대결을 벌이다니. 게다가 그와 대등하게 싸웠다는 것은……'

곽도운은 과거 태무선에게 겁 없이 덤벼들었던 자신을 떠올리며 몸서리쳤다.

'목이 붙어 있는 것을 감사해야겠군.'

목이 얌전히 붙어 있는 것. 곽도운은 자신의 목을 매만지며 안도했다.

* * *

"하아암."

하품을 늘어놓으며 패산문에서의 휴식을 취하던 태무선은 하후곤에게서 얻은 상처를 돌보며 가부좌를 틀고 앉았다.

"후우우."

심호흡을 하며 숨을 고르던 태무선은 하후곤과 벌였던 견투를 떠올렸다.

'아주 오랜만이었어.'

그런 무식하기 그지없는 싸움은 실로 오랜만이었다.

"이게 무엇입니까?"

어린 태무선은 지강천이 웃으며 내민 수갑을 바라보며 물었다. 그런데 지강천은 어린 태무선의 순수한 질문에 대한 답은커녕 웃으며 이렇게 대꾸했다.

"어디 한번 살아남아 보거라."

"예?"

퍽―!

지강천의 주먹이 날아와 태무선의 안면에 꽂혔다.

당연히 투신이라 불리던 지강천의 주먹에 맞은 태무선의 얼굴에선 피가 튀어 올랐다.

입술이 터지고, 코뼈가 부러져 피가 터져 나온 것이다.

하지만 어린 태무선은 고통을 호소할 때가 아니었다.

그의 머릿속에 맴도는 단 하나의 생각.

망했다!

이 괴상망측한 노인네는 수갑을 끌어당기며 주먹을 휘둘렀고, 태무선은 그야말로 살아남기 위해 지강천의 주먹을 막거나 피해야 했다. 반격? 그런 건 신경 쓸 틈이 없었다. 어떻게 해서든 이 지옥에서 살아남아야 한다!

그렇게 어린 태무선은 지강천의 흥미로부터 시작된 견투로부터 살아남기 위해 그야말로 개고생을 하게 되었다.

견투에 맛 들린 지강천은 틈만 나면 태무선에게 수갑을 갖고 찾아왔으며 태무선은 이 괴팍한 노인네의 성질을 돋울 수 없었기에 견투에 참가해야만 했다.

　상대는 중원 최강의 사나이라 불리던 남자. 암울했으나 태무선은 살아남았다.

　"그땐 정말로 죽을 뻔했지."

　만약 지강천이 견투에 대한 흥미를 조금만 더 늦게 잃었다면 태무선은 이 세상 사람이 아니었을지도 몰랐다.

　과거 회상을 하며 생각에 잠겨 있던 태무선은 문득 지강천이 했던 말이 떠올랐다.

　'싸우고 또 싸우다 보면 언젠가 죽기 직전에 놓이는 순간이 있을 것이다. 그리고 그런 순간들을 계속해서 겪다 보면 네 투령무일체는 완성되어 있을 것이다.'

　그때는 무슨 말인지 제대로 이해하지 못했는데 지금은 조금씩 알 것 같았다.

　산에서 내려온 이후로 태무선은 황룡산에 이어서 구황목과 백은섭 그리고 하후곤에 이르기까지.

　수많은 강자들과 싸웠고, 어쩔 땐 목숨이 경각에 달하기도 하였다. 그럴 때마다 태무선은 투령무일체의 완성에 한 걸음씩 다가갔다.

　'몸이 깨닫는다.'

눈을 감은 태무선의 몸 주변으로 회색빛의 기류가 모여들기 시작했다. 강자들과의 싸움. 목숨을 건 싸움. 일대다수의 싸움. 모든 종류의 싸움을 겪을 때마다 몸이 깨우친다. 투령무일체를 가진 태무선의 신체가 싸움을 겪을 때마다 완성이 되어간다.

원래는 하나의 완성체였던 여러 조각들이 하나둘씩 끼워맞춰지는 듯한 기분.

'투령무일체의 십성.'

손끝에도 닿지 않던 투령무일체의 십성이 이젠 한 걸음 앞으로 다가왔다.

쿵쿵—!

눈을 감고 명상에 잠겨 있던 태무선은 문을 두드리는 소리에 감았던 눈을 떴다.

이윽고 익숙한 목소리가 들려왔다.

"교주님 저 곽도운입니다. 잠시 나와 보셔야 할 것 같습니다."

조심스러운 곽도운의 목소리에 태무선은 자리에서 일어나 문을 열었고, 열린 문 사이로 곽도운이 조심스러운 눈길로 입을 열었다.

"실은 교주님을 찾아온 손님이 한 명 있습니다."

"나를?"

"교주님도 잘 아는 분입니다."

자신도 잘 아는 사람이라는 곽도운의 말에 패산문의 접
객실로 향한 태무선은 그 안에서 익숙한 얼굴을 발견했다.
그는 바로 철혈 하후곤이었다.

　팔짱을 낀 채로 태무선을 기다리던 하후곤은 접객실의
문을 열고 등장한 태무선을 발견하고는 자신의 앞으로 손
을 내밀었다. 하후곤의 의도를 알아차린 태무선의 그의 앞
자리에 자리를 잡고 앉았다.

　"한 가지 마음에 걸리는 게 있어서 너를 찾아왔다."

　"그게 뭔데?"

　"그날 왜 순순히 돌아갔지? 나를 설득하여 포섭하기 위
함이 아닌가? 무림맹이 무너진 지금이야말로 마교가 중원
의 패권을 차지하기에 가장 적절한 시기니까."

　하후곤의 말은 그럴싸했다.

　그의 말대로 중원의 패권을 쥐고 있던 무림맹이 무너진
지금이야말로 마교가 득세하기엔 최적의 시기.

　그런데 마교의 교주라는 태무선은 자신을 설득하기는커
녕 너무도 쉽게 돌아섰고, 그의 미련 없는 뒷모습이 하후
곤을 자극했다.

　"네 말이 맞아. 나는 무림오강 중 한 명인 철혈 하후곤을
설득하러 갔어."

　"그런데 너는 설득은커녕… 내게 제안조차 하지 않았지.
이유가 무엇이냐."

"다시 말하지. 나는 철혈 하후곤을 설득하러 갔었다."

이어지는 태무선의 대답에 하후곤이 잠시 침묵을 지키다가 이내 웃음을 터트렸다. 태무선의 대답이 뜻하는 바가 무엇인지 뒤늦게 깨달은 것이다.

"내가 더 이상 과거의 철혈(鐵血)이 아니라는 뜻인가?"

"그래. 너는 그저 자신의 딸의 행복을 바라는 한 명의 아버지가 되었어. 나는 적과 싸울 무인이 필요하지 아버지가 필요한 게 아니야."

반박할 수 없었다.

하후곤은 여전히 과거 철혈이라 불리던 때의 힘을 온전히 간직하고 있었다. 지금이라도 자신의 적들에게 권강이 담긴 주먹으로 절망을 선사해 줄 준비가 되어 있었다.

하지만 하후곤은 그럴 수 없었다.

"네 말이 맞다. 나는 한 아이의 아버지다. 그 아이의 현재와 과거 그리고 미래를 위하여 나는 기꺼이 무림오강에서 벗어나 제 자신을 숨겼지."

"할 말이 그게 전부라면 이만 일어난다."

태무선이 이번에도 미련 없이 자리에서 일어서자 하후곤이 입을 열었다.

"네가 상대하려는 자들이 사악교냐."

의자에서 몸을 일으키던 태무선이 도로 의자에 앉았다. 아무래도 이야기가 조금 길어질 듯싶어서였다.

＊　＊　＊

"하후곤이 왔다가 가는 것을 보았다."

"응."

"너를 찾아온 것인가."

"그런 셈이지."

진사은은 그 이상으로 묻지 않았다.

그녀에게 태무선과 하후곤이 나눈 대화의 내용은 그다지 중요한 것이 아니었기 때문이었다.

지금 진사은에게 중요한 것은 태무선이 하루라도 빨리 사악교주를 만나 그의 목을 취하는 것이었다.

"진전은 좀 있던가."

"있다면 있는 건데… 조금 애매하네. 생각보다 미끼를 쉽게 물지 않는단 말이지."

물속 깊은 곳에 숨어버린 대어(大漁)는 쉽게 미끼를 물지 않았다. 만약 수면 밖으로 나오지 않으려는 대어를 잡기 위해서는 어떻게 해야 할까.

태무선은 이미 답을 알고 있었다. 그저, 귀찮아서 외면하고 있었을 뿐.

"아… 그건 귀찮은데."

태무선은 붓과 종이를 준비하여 서신을 작성했다. 그리

고는 이를 전서구에 메달아 날려 보냈으니, 하늘로 떠오른 비둘기는 재빠른 날갯짓을 하며 목적지를 향해 부지런히 날아갔다.

"전서구를 날린 것이냐."

진사은의 시선이 멀어져가는 비둘기를 향했고, 태무선은 고개를 끄덕였다.

"필요한 게 있거든."

흑도(黑道)의 왕

"충성… 충성을 맹세하겠습니다."

"그걸 내가 어떻게 믿지?"

"하, 한 번만 믿어주십시오! 저희 백야방은 절대로 마교를 배신하지 않을 것입니다!"

백야방의 방주 백가묵은 자신의 앞에 놓인 의자에 오연하게 앉아 있는 사내를 향해 넙죽 엎드렸다. 백가묵의 뒤로는 초토화가 된 백야방의 장원이 놓여 있었고, 사내를 알아보지 못한 우매한자들의 시체가 널브러져 있었다.

"나는 사악교를 흑도무림의 대표로 인정하지 않는다. 언제나 흑도무림의 정점에 있는 자는 바로 우리 마교다."

"여부가 있겠습니까."

"마교에 충의를 다하겠다고 하였는가."

"예… 예!"

"그렇다면 증명해."

백야방이 무너진 지 얼마 지나지 않아 백야방과 협력하며 하남성 이남을 정복하려던 창각문이 공격을 당했다.

그들을 공격한 것은 다름 아닌 백야방이었다.

"백가묵! 네놈이 어떻게 우리 창각문을 배신한단 말인가! 우리는 사악교의 아래에서 흑도천하를 맹세하지 않았는가!"

"흥! 나는 흑도천하를 저버리지 않았다!"

"그게 무슨 헛소리냐. 흑도천하를 바라는 자가 왜 우릴 공격한단 말이냐!"

"그거야… 진정한 흑도(黑道)의 주인이 나타났기 때문이지!"

"진정한 흑도의 주인?"

정신없는 와중에도 백야방의 무인들에 맞서 용맹하게 검을 휘두르던 창각문의 문주인 우욱의 눈에 한 사내가 비춰졌다.

왼편에는 두 개의 철퇴와 거대한 대도를 짊어진 패산철군 곽도운을, 오른편에는 유려한 빛을 내뿜는 검을 손에 쥔 아름다운 여인, 백화소궁주 진사은을 둔 태무선이 검은 무복을 휘날리며 모습을 드러냈다.

"저…자는……."

걸음걸이마다 거대한 기운이 꿈틀거리며 사방을 압도했다. 창각문의 무인들은 감히 태무선에게 다가서지 못하였고, 태무선이 창각문주인 우욱의 앞에 다다랐을 때 우욱은 저도 모르게 두 무릎을 꿇을 수밖에 없었다.

"당신은……."

"현 마교의 교주님이신 태무선님이다."

우욱을 향해 곽도운이 대신 나서서 태무선을 소개하였고, 태무선은 무심한 눈길로 우욱을 내려다보았다.

자신을 내려다보는 태무선에게서 형언할 수 없는 거력의 압박감을 느낀 우욱은 고개를 숙였다.

"차, 창각문의 문주 우욱이 교주님을 뵙습니다."

"한때나마 마교 천하에 힘을 보태던 창각문이 이제는 사악교에 붙었다지."

태무선의 입을 타고 흘러나오는 차가운 목소리에 우욱은 온몸의 피가 얼어붙는 듯한 느낌이 들었다.

'좋지 않다!'

배신자는 결코 살려두지 않는 것이 바로 마교의 방식. 우욱은 살기위해 고개를 조아렸다.

"제발 한 번만 기회를 주십시오!"

제발 한 번만 기회를 달라는 우욱을 향해 다가간 태무선은 감정 따위는 존재하지 않는 듯한 딱딱한 목소리로 말했다.

"그렇다면 증명해."

"예……?"

"백가묵은 내게 자신들의 가치와 충의를 증명했다. 그러니 창각문도 내게 증명해야겠지."

우욱은 멍청하지 않았다. 단번에 태무선의 의도를 파악한 우욱은 한쪽 무릎을 꿇으며 굳게 다짐하듯 외쳤다.

"이 우욱, 마교의 교주님께 저희의 가치를 증명하겠습니다!"

백야방에 이어서 창각문이 마교의 아래로 들어왔다.

이는 태무선이 패산문을 나선지 일주일도 채 안 되는 사이에 벌어진 일들이었다. 패산문에 이어 백야방과 창각문이 합류하였고, 태무선을 뒤따르는 무인들의 수는 시간이 지남에 따라 급속도로 증가했다.

"이야, 하남일대의 사파 문파들이 제발로 마교주의 아래로 들어가고 있다고?"

"들어오는 정보에 의하면 백야방과 창각문이 전면에 나서서 사악교와 연루된 문파들을 공격하고 있다고 합니다."

"원래부터 그럴 만한 녀석들이었어. 하지만 이건 속도가 빠른데."

마차대신 말을 탄 백은섭은 속속들이 들어오는 정보들을
흥미롭게 지켜봤다. 사악교의 본단을 떠나온 지 이주일이
지난 사이에 태무선의 소식이 계속해서 들어왔다.

덕분에 태무선을 추적하는 것은 쉬웠으나 문제는 사악교
에 가담한 세력들이 줄줄이 이탈하기 시작했다.

"흑도의 왕이라."

백은섭의 비림의 정보원들이 가져온 정보들 가운데에 쓰
여 있는 의미심장한 단어를 중얼거리며 미소를 지었다.

태무선이 하남성 일대의 사파 문파들을 마교의 발아래에
두기 시작한 것은 단순히 마교의 세를 넓히기 위해서가 아
니었다.

"교주를 부르는군."

사악교의 것을 빼앗으며 사악교주를 부르고 있는 것이
다.

재미있는 일이로다. 흥분감에 몸이 달아오른 백은섭은
품속에 넣어둔 네 개의 단검을 만지작거리며 중얼거렸다.

"흑도의 왕을 잡으러 가세."

백은섭을 태운 말과 은요를 태운 말이 발 빠르게 앞으로
나아갔고, 그의 뒤로 한 대의 마차가 따라붙었다.

　　　　　＊　　＊　　＊

　흑도의 왕이 나타났다.

　이 소문은 하남성 일대에 울려 퍼졌고, 패산문을 시작으
로 백야방과 창각문이 차례로 마교에 합류하며 세를 불려
나갔다. 그들은 새로이 나타난 흑도의 왕, 태무선을 칭송
하며 자신들의 충의를 증명하고자 한땐 동료였던 문파들
을 공격했다.

　"마치 집단최면이라도 걸린 것 같은 느낌이지 않아요?"

　"확실히 그렇소."

　유선과 현각은 이 상황을 마치 집단 최면과도 같이 느꼈
다. 그도 그럴 것이 사파의 문파들이 제 아무리 편복지역
(蝙蝠之役)하다고는 하더라도 이렇게 손쉽게 자신들의
소속을 손바닥 뒤집듯이 바꾸지는 않았다.

　그러나 하나같이 태무선을 마주한 문파들의 문주나 세가
의 가주, 방파의 방주들은 앞 다퉈 충성을 맹세했다.

　그들이 태무선에게 충성을 다짐하는 이유는 간단했다.

　도저히 싸울 욕구가 나지 않는 압도적인 강함. 그야말로
경외였다.

　"뭐 사실이 어떻든 분명한 것은 사악교에 가담했던 문파
들이 이제는 마교에 충성을 하고 있다는 거예요."

유선은 이 상황을 긍정적으로 보았다.

저들의 충성심이 진심이든 아니든 그건 중요한 게 아니었다. 어쨌든 중요한 것은 하남성 일대의 사악교의 힘이 점점 약화되고 있다는 것이었다. 고개를 돌려 태무선을 바라보던 유선은 묘한 기분을 느꼈다.

'흑도의 왕이라……'

태무선은 자신을 흑도의 왕이라 스스로 지칭하지 않았지만, 그를 만난 사파의 문파들은 하나같이 그를 흑도의 왕이라 불렀다. 사라졌던 흑도무림의 주인이 드디어 모습을 드러낸 것이다.

한편, 마교의 득세는 무림맹에도 전해지게 되었는데, 구황천을 포함한 장로회의가 개최되었을 때 이 주제를 가지고 남궁수호가 목소리를 높였다.

"최근 마교의 교주가 하남성 일대에서 사악교에 가담했던 사파의 문파들을 자신의 편으로 끌어들이고 있다는 소문이 돌고 있습니다. 이제는 사파의 문파들이 마교주를 흑도의 왕이라 부른다고 합니다."

남궁수호의 목소리는 다소 격양되어 있었다.

"이대로 가다간 마교의 힘이 사악교를 뛰어넘을지도 모르지요!"

그의 외침에 구황천이 진중한 목소리로 입을 열었다.

"그로 인하여 숨죽여 있던 정파의 문파들이 서서히 활동을 시작했다는 것을… 남궁장로는 모르시는 겁니까."

홍분된 어조로 말을 털어놓는 남궁수호와는 달리 구황천은 차분히 말을 이어나갔다.

"마교의 득세는 분명 좋지만은 않습니다. 하지만 그의 도움으로 북방에서는 십일문연합이 사악교의 세력을 밀어내고 봉문하며 숨죽이던 백도무림을 일깨웠습니다."

"물론 맞는 말씀입니다만, 만약 마교가 사악교를 몰아내는 데 성공한다면… 그들의 다음 목표가 누구일 것 같습니까."

남궁수호의 말에는 뼈가 느껴졌고, 그의 눈과 구황천의 눈이 서로 마주쳤다.

한 치의 양보도 없는 기 싸움이 시작되고 구황천은 남궁수호를 똑바로 바라보며 말했다.

"그것이 우리가 장로 회의를 하는 이유가 아닙니까. 나는 장로들의 우는 소리나 들어주자고 장로회의를 여는 것이 아닙니다."

남궁수호의 눈매가 가늘어졌다.

그 동안은 장로들의 얘기에 소극적으로 반응하던 구황천이 지금은 적극적으로 반응했다. 이는 분명 태무선의 등장과도 관계가 있었다.

남궁수호와 구황천이 기싸움을 벌이던 중 황교각이 마른 입술에 침을 적시며 말했다.

"저 역시 맹주님과 생각을 일치하고 있습니다. 하지만 마교의 득세도 견제하는 것은 맞을 터."

잠시 뜸을 들인 후 황교각이 말을 이었다.

"무림맹도 움직일 때가 왔습니다."

＊　＊　＊

하남성 일대에 불을 지피는데 성공한 태무선은 이제 굳이 바삐 움직이지 않았다. 이미 하남성 일대의 사파문파들은 저마다 자신들의 충의를 보이겠다며 자진해서 사악교 이하의 사파 문파들을 차례대로 급습하기 시작했다.

굳이 손을 대지 않아도 알아서 코를 풀어주니 태무선이 움직일 필요가 없었던 것이다.

그저 한 번씩 나타나.

"으흠."

목을 한번 가다듬는 것으로 사파의 무인들을 알아서 넙죽 엎드렸다. 참으로 간단한 일이 아닐 수 없었다.

"이제 하남성 일대에는 사악교의 잔가지들을 찾아볼 수 없게 되었네요."

유선의 얼굴이 한없이 밝아졌다.

지긋지긋하던 사악교의 영향력이 이제는 눈 씻고 찾아봐도 찾을 수 없을 정도로 옅어졌다.

"이제 어떻게 하죠? 호북으로 내려가나요? 아니면 안휘? 하북도 괜찮겠네요!"

들뜬 목소리의 유선은 당장이라도 하남성 근처 일대에 존재하는 사악교의 세력들을 뿌리 뽑고 싶어 했다.

하지만 태무선이 누구인가? 이 세상에서 귀찮은 일을 제일 싫어하는 자가 아닌가?

태무선은 의자에 앉아 고개를 가로저었다.

"기다려야지."

"예? 기다린다고요? 뭘요?"

유선이 눈을 끔벅이며 물어오자 태무선은 창밖을 내다보며 말했다.

"입질."

떡밥은 충분히 뿌려두었다. 질 좋은 미끼를 꽂은 낚시 바늘을 던져두었으니, 이젠 사악교라는 대어가 물어 챌 차례였다. 사실 사악교주가 반응을 할지 안할지는 미지수였으나, 그들도 태무선은 두고만 볼 순 없을 테니 어떤 식으로든 움직임을 보일 것이다.

'자, 이번엔 누가 오려나.'

저번엔 비림의 아랑단주가 자신을 찾아왔으니, 이번엔 과연 누가 자신을 찾아올 것인가.

"이왕이면 꽤 큰놈이었으면 좋겠는데."

이 짓을 몇 번이고 반복할 자신이 없었다. 그러니 부디

한 번에 끝나기를 바라는 태무선이었다.

"이렇게만 한다면 마교의 부흥도 시간문제겠군요."

곽도운은 순식간에 세를 불려가는 태무선의 지도력에 감탄한 듯 말했지만 태무선은 기뻐하지 않았다.

어차피 저들은 언제고 마교를 배신할 수 있는 문파들.

장기적으로 봤을 때 있으나 없으나 별 의미가 없었다.

그저, 사악교를 자극할 횃불 같은 존재들.

태무선이 기다리고 있는 자들을 불러낼 봉화였다.

* * *

"뭘 기다리는 것이냐. 어차피 우리의 목표는 분명할 텐데."

마차 안에서 굶주린 맹수 같은 목소리가 흘러나오자 말에서 내려 팔짱을 끼고 서 있던 백은섭이 단검을 점검하며 말했다.

"신중하여 나쁠 것은 없지 않습니까. 삼존의 지루함은 알고 있습니다만. 잠시만 기다려주십시오."

"이해가 안 되는군."

끼이익— 쾅!

마차의 문이 박살나며 그 안에서 거대한 신형이 모습을 드러냈다.

"내 무기를 가져와라."

마차에서 내려온 맹우를 향해 수레 한 대가 다가갔다.

수레의 위에는 검은색 망치가 놓여 있었는데 이를 들어 올리기 위해서 무려 성인남자 다섯 명이 달려들어야 했다.

"맹우님. 교주님의 말씀을 잊으셨습니까."

백은섭이 굳은 얼굴로 말을 걸어오자 맹우가 쌍심지를 켜며 다섯 명의 흑의인이 들고 온 망치를 한 손으로 움켜쥐어 어깨에 둘러멘 후 말했다.

"잊지 않았다."

맹우는 망치를 어깨에 든 채로 신형을 돌렸다.

"마교주를 죽이지 말고 생포해 올 것."

"그걸 위해서는 준비를……."

"준비할 것 없다. 팔과 다리를 박살낸 후 개처럼 질질 끌고 가면 될 테니까."

더 이상 기다릴 것 없다는 듯 맹우는 망치를 들고 문을 박차고 나가버렸다. 맹우가 멋대로 나가버리자 백은섭이 한 손으로 머리를 긁적이며 인상을 찡그렸다.

"저놈은 항상 제멋대로란 말이지. 맹우 대신 암존을 데려왔어야 했나."

성질이 불같고 참을성이 없는 맹우는 다루기가 극히 까다로운 존재였다.

그렇다고 무공실력이 낮은 것도 아니었다. 그럼에도 백

은섭이 맹우를 데려온 이유는 따로 있었다.

"그래도 시선을 돌리기엔 충분하겠지."

맹우라는 성난 멧돼지를 풀어놓게 된 백은섭은 조급해하지 않았다. 그에게는 태무선을 잡으려 데려온 사악교의 충분한 자원들이 존재했기 때문이었다.

"자… 우리도 움직여볼까."

"알겠습니다."

잠자코 상황을 지켜보던 은요가 백은섭의 뒤로 붙었고, 그녀의 뒤로 수십 개의 그림자가 내려앉았다.

"가자."

백은섭의 움직임에 맞춰 은요와 그녀를 따르는 그림자들이 움직이기 시작했다.

* * *

"큼!"

호기롭게 백은섭을 떠나온 맹우는 건물을 빠져나올 때의 당당함에 비해 발걸음을 쉽사리 옮기지 못했다.

"마교주 놈이 어디 있는지 물어보질 못했군."

맹우는 태무선의 위치가 어디 있는지 묻질 못했다는 것을 깨달았다. 그렇다고 다시 돌아가기에는 맹우의 자존심이 허락하지 않았다.

“흠.”

잠시 고민하던 맹우는 뭔가 좋은 생각이 났는지 밝아진 얼굴로 고개를 끄덕였다.

“그런 방법이 있었지.”

이곳으로 오는 동안 마차 안에서 백은섭과 은요가 나누던 대화를 본의 아니게 엿듣게 되었다.

그들의 대화를 통해 태무선이 하남일대의 사파문파들을 마교의 발아래에 두게 되었다는 것을 알게 된 맹우는 길을 걸으며 문파들을 찾아 나섰다.

문파를 찾는 것은 그리 어렵지 않았다.

“우리에게 사악교나 마교나 뭐가 중요하겠어. 중요한 것은 언제 어디에 붙느냐야.”

“쯧. 어차피 똑같은 사파놈들이니.”

“누가 아니래. 우린 그저 마교나 사악교 중에서 가장 잘나가는 놈들 아래에 붙어 이득이나 취하면 되는 거야. 하하하!”

“크큭!”

두 사내가 사악교와 마교에 대해서 떠들어대는 것을 본 맹우는 지체하지 않고 그들에게로 다가갔다.

“그러니 괜히 충성이니 뭐니 할 필요는 없…….”

이야기를 나누며 떠들어대던 두 사내는 자신들의 앞에 나타난 맹우를 보며 입을 쩍 벌렸다. 집채만 한 망치를 어깨에 둘러멘 맹우는 두 사내를 향해 말했다.

"안내해라."

"뭐… 무엇을 말이오?"

무엇을 안내하냐는 사내의 말에 맹우가 비릿한 미소로 말했다.

"네놈들의 문파."

* * *

"크악!"

"왜, 왜 이러시는 거요!"

"네놈들은 사악교를 배반하고 마교의 아래에 들러붙었다."

거대한 망치를 짊어지고 온 남자는 등장과 동시에 백야방의 정문을 박살냈다. 이번이 벌써 두 번째.

첫 번째는 태무선에 의해 박살났고, 이번에는 망치를 든 남자에 의해 산산조각이 났다.

보수한지 얼마 되지도 않았건만, 또다시 장원의 정문이 무너지게 된 백야방주 백가묵은 성난 얼굴로 뛰쳐나왔다.

그리고 화가 난 백가묵이 마주한 것은 거대한 흑색 망치를 어깨에 짊어진 남자였다. 수십 년간 무공을 수련해온 백가묵은 본능적으로 깨달았다.

'이자는 고수다! 그것도 아주 강력한!'

강자에 대한 본능적인 두려움.

백가묵은 망설이지 않고 한쪽 무릎을 꿇었다.

"백야방의 방주 백가묵이라고 합니다. 대협께서는 어디서 오신 누구이신지…….”

"나는 네가 배신한 사악교의 삼존 중 한 명인 맹우다.”

맹우라는 이름은 처음 들어보지만 삼존에 대해서는 들어본 적이 있었다. 수많은 고수를 보유하고 있는 사악교에서도 특히나 강력한 무공을 지닌 세 명의 절대고수들.

그들이 바로 사악교의 삼존이었다.

사악교주 바로 아래에 존재하는 자가 바로 삼존이라고 하였으니, 지금 백가묵의 앞에 선 맹우는 사악교의 진정한 실세 중 한 명인 셈이었다.

"사악교의 삼존……!”

삼존을 알아본 백가묵이 고개를 숙였다. 그의 두 눈동자는 쉴 새 없이 흔들렸고, 입안은 바짝 메말랐다.

"사, 삼존께서 이곳은 어쩐 일로 오셨습니까.”

"듣자하니 하남일대에서 사악교에 속한 사파 문파들이 본교를 배반하고 마교에 들러붙었다는 소식이 전해지더군.”

딱— 딱—!

백가묵이 이빨을 딱딱 부딪쳤다.

이대로 가다간 자신의 죽음은 기정사실.

백가묵은 살기위해 망설이지 않고 소리쳤다.

"저희 백야방은 단 한 번도 사악교를 배반한 적이 없었습니다. 저희는 그저……."

"뭐 상관없다. 네놈들이 본교를 배반하든 안 하든. 어차피 네놈들과 같이 같잖은 놈들은 있으나마나. 사악교엔 하등 쓸모없는 놈들이지."

"한 번만… 한 번만 살려주십시오!"

백가묵이 몸을 벌벌 떨며 목숨을 구걸하자 맹우가 고개를 천천히 끄덕였다.

"그런 네놈들도 쓸모가 있지."

쓸모가 있다는 맹우의 말에 백가묵은 한 줄기 희망을 엿보았다.

'어쩌면… 내 쓸모를 입증해야 한다!'

여기서 자신의 쓸모를 입증해야지만 살아남을 수 있다는 것을 깨달은 백가묵은 양손을 모으며 결연한 자세로 말했다.

"뭐든 명령만 내려주십시오. 저와 백야방은 사악교의 삼존이신 맹우님께 충성을 바칠 준비가 되어 있습니다."

"그래 아주 충성스럽구나."

"예! 이 백가묵에게 맡겨만 주십시오!"

"그렇다면 너도 이해할 수 있겠지."

"물론…입니……."

한층 밝아진 얼굴로 고개를 들어올린 백가묵은 자신의 머리 위로 다가오는 거대한 망치를 보며 입을 벌렸다.

저게 무엇이며 왜 자신에게 다가오는지에 대한 의문점이 풀리기도 전에 쾅—! 소리와 함께 백가묵의 신형이 곤죽이 된 채 흩뿌려졌다.

"히익!"

"헉!"

한편, 백가묵과 맹우의 대화를 듣고 있던 백야방의 무인들이 눈을 부릅뜬 채 몸을 벌벌 떨었다.

목숨을 구걸하며 충성을 약속하던 백가묵이 맹우의 망치에 맞아 곤죽이 된 채 죽어버린 것이다.

한 번의 망치질로 백가묵을 죽인 맹우는 백야방의 무인들을 넓게 둘러보며 말했다.

"지금부터 절규해도 좋다."

맹우가 망치를 들어올려 어깨에 짊어진 후 백야방의 무인들을 향해 웃었다.

"너흰 모두 내 손에 죽게 될 것이니."

백야방의 무인들은 감히 대적할 생각조차 하지 못했다.

그들은 자신들을 향해 다가오는 거대한 죽음을 향해 그저 무력할 뿐이었다.

〈〈〈   *   *   *

"안 해도 되는데."

"해야 한다. 다시 말하지만 네 목숨에 백화궁의 미래가 달려 있다."

저렇게까지 말하니 태무선으로서도 마냥 거절할 순 없었다. 할 수 없이 상의를 벗은 태무선의 등 뒤로 걸어간 진사은은 양손가락을 넓게 펼치며 태무선의 등에 두 손을 얹었다. 곧이어 진사은의 손이 밝게 빛나기 시작했다.

"너는 왜 사악교와 싸우는 것이냐."

"돌려받아야 하는 게 있거든."

백련화수의 수법으로 추궁과혈을 시작한 진사은의 물음에 태무선은 은섬과 사강목을 떠올렸다.

'그 녀석은 잘 있으려나.'

은섬.

태무선이 산을 내려와 가장 먼저 연을 맺은 소녀였다.

지금은 무엇을 하고 있는지 밥은 잘 먹고 있는지 궁금한 것 투성이였지만, 물을 수 없었다.

"돌려받아야 하는 것… 네게 소중한 존재인 것이냐."

소중한 것이냐는 진사은의 질문에 태무선은 쉽사리 대답할 수 없었다. 잠시 고민하던 태무선이 입을 열려던 순간,

유선이 곽도운과 현각과 함께 다급히 들어왔다.

"교주님!"

숨까지 헐떡이며 나타난 유선이 태무선의 앞으로 내달려왔다.

"큰일 났어요!"

"무슨 일이야?"

"백야방이 무너졌어요!"

"백야방?"

"네 백야방이요! 갑자기 망치를 들고 나타난 남자가 사악교를 배반한 사파 문파들을 응징하러 왔다면서 백야방주를 단숨에 죽였다고 해요!"

유선의 얘기를 전해 듣던 태무선은 드디어 때가 왔음을 직감했다.

'평범한 녀석을 보냈을 린 없겠지.'

태무선은 벗고 있던 상의를 걸쳐 입으며 자리에서 일어섰다.

"너와 현각은 이곳에 남아 있어. 절대로 바깥으로 나오지 마."

"하지만……."

"지금부터 내가 싸우려는 자들은 지금까지 상대했던 사파 문파들과는 차원이 달라. 이곳에 남아 있어.

단호하게 대답한 태무선이 자리를 떠나려 하자 진사은이

그의 곁에 바짝 붙었다.

"나도 함께한다."

"괜찮겠어?"

"내 몸 하나 정도는 지킬 수 있으니 내 걱정은 하지 말거라."

"알겠어."

"그럼 저는……."

유선과 현각은 이곳에 남겨졌고, 진사은은 태무선과 함께하기로 하였다. 그렇다면 패산문의 문주인 자신은 어떻게 해야 할까. 곽도운은 태무선의 눈치를 살피자 태무선이 그에게 다가섰다.

"싸우려면 싸우고, 그게 아니라면 이곳에 남아 유선과 현각을 지켜줘."

"어떻게 하는 게… 홀로 사악교를 상대로 싸울 수 있으십니까?"

"나도 가만히 앉아 기다리고 있었던 것은 아니니 걱정하지 마."

"알겠습니다."

곽도운은 섣불리 나서지 못하고 한 걸음 물러섰다.

그 역시 한 문파를 다스리는 수장으로서 함부로 움직일 수 없는데다가 유선과 현각을 이곳에 남기는 것으로 곽도운은 깨달았다.

앞으로 태무선이 만나게 될 적과 만나 벌이게 될 싸움은 자신이 끼어들 만한 싸움이 아니라는 것을.

"몸조심하십시오."

"그래."

태무선은 건물을 빠져나와 백야방이 있는 곳을 향해 곧장 걸어갔다. 백야방은 태무선이 있는 곳에서 그다지 멀지 않았기에 경공술을 펼친 태무선과 진사은은 정문이 박살이 난 백야방을 마주하게 되었다.

"지금이라도 돌아가고 싶으면 돌아가도 돼. 이건 내 싸움이지 네 싸움은 아니니까."

"거절하겠다. 마지막으로 말하지만, 네 목숨엔 백화궁의 미래가 달려 있다."

진사은은 단호했고, 그녀의 의지는 강했다.

"그럼… 올라가자."

태무선은 계단을 따라 백야방의 박살난 정문을 통해 백야방의 장원에 들어갔다.

그리고 그곳에서 태무선을 맞이한 것은 거대한 둔기에 맞아 박살이 난 백야방 무인들의 시체였다.

시신들 중 온전한 시체는 거의 없었다.

커다란 뭔가에 얻어맞은 듯한 시체들은 곤죽이 되어 형체를 알아보기 힘들었다. 그중에서도 백야방주인 백가묵의 시신을 발견한 태무선은 시선을 돌려 거대한 망치를 의자삼아 자신을 기다리고 있는 한 남자를 발견했다.

"드디어 왔군."

그 남자는 천천히 몸을 일으킨 후 가슴에 묻은 피를 털어내며 말했다.

"같잖은 병신들을 상대하느라 몸에 좀이 생길 지경이었는데, 잘됐군. 드디어 싸워볼 만한 녀석을 만나게 됐군."

"사악교에서 왔나."

태무선의 물음에 남자가 크게 광소하며 자신의 망치에 손을 얹었다.

"크하하하! 그래… 사악교에서 왔지. 난 사악교의 삼존 중 한 명인 맹우다."

"사악교의 삼존. 그렇다면 꽤 중요한 녀석이라는 거네."

"중요하다마다."

"잘됐어."

태무선이 양 손목을 돌리며 싸울 준비를 하자 맹우가 마음에 든다는 듯 망치를 어깨에 짊어지며 이를 드러냈다.

"싸우려는 자세만큼은 마음에 드는 녀석이군. 이왕이면 네놈과 몇날 며칠을 싸워보고 싶구나. 하지만, 넌 내게 해서는 안 될 짓을 했어."

"우리가 구면이었던가."

"네가 죽인 광우라는 자를 기억하느냐."

맹우의 물음에 태무선이 기억을 더듬었다.

광우라는 자의 이름은 기억 속엔 존재하지 않았지만, 짐작이 가는 사내가 한 명 있었다.

과거, 무림맹에 나타나 거대한 망치를 휘두르던 남자.

이제 보니 맹우라는 자와 광우는 매우 닮아 있었다.

"무림맹에 쳐들어왔던 그 녀석을 말하는 건가."

"그래. 시월현이라는 개자식을 따라 무림맹으로 갔다가… 네놈의 손에 죽은 나의 제자다."

이를 드러내며 태무선을 응시하던 맹우의 눈빛이 돌변했다. 그의 몸에서 흘러나오기 시작한 기운은 맹렬하게 쏟아지며 맹우 주변의 대지를 들끓게 만들었다.

그의 기운이 점점 강해짐에 따라 맹우의 두 발을 지탱하던 대지가 울렁이며 흔들렸다.

"광우는 내가 가장 아끼던 나의 제자였다. 그의 핏값을 치르기 위해서는 네 목숨으로도 부족하지만, 지금은 특별히 네 사지를 뜯어내는 걸로 봐주지!"

맹우의 신형이 쿵 소리를 내며 솟구쳤다. 거대한 신형과 망치와는 별개로 맹우의 움직임은 매우 재빨랐다.

"뒤로 가 있어."

진사은은 대답 대신 몸을 뒤로 튕기듯 날려 물러섰고, 태무선은 자신을 향해 날아드는 맹우를 향해 두 주먹을 움켜쥐었다.

"삼존이란 말이지."

쿵— 쿵—!

두 다리에 힘을 준 태무선은 자신을 향해 달려드는 맹우와 그의 망치를 향해 주먹을 내질렀다.

태무선의 주먹과 맹우의 망치가 허공에서 맞부딪쳤다.

꽈아아앙!

엄청난 충격파와 함께 맹우와 태무선의 주변 대지가 움푹 패며 터져나갔다.

둘의 힘을 이기지 못한 땅바닥은 실금이 가며 갈라졌고, 드디어 서로의 얼굴을 바로 앞에서 마주하게 된 맹우와 태무선이 서로의 눈을 응시했다.

"나를 적으로 둔 것을 후회하게 될 것이다."

"글쎄."

"모르겠다면 내가 알려주지!"

맹우가 자신의 앞발로 태무선을 걷어차려 내뻗었고, 태무선은 그의 앞발을 향해 무릎을 찍어 올렸다.

쿵— 쿵—!

맹우와 태무선의 다리가 한바탕 부딪쳤고, 맹우는 태무선의 힘에 의해 뒤로 밀려났다.

'이 내가 힘으로 밀린다고?'

맹우는 믿기지가 않았다.

다른 것은 몰라도 힘만큼은 사악교의 삼존 중 가장 강한 자신이 아니던가?

"건방진 놈!"

흑색의 망치를 뒤로 당긴 맹우는 태무선과의 거리를 벌린 후 양손으로 망치를 거머쥐었다. 그러자 맹우가 든 망치에서 흑색의 기운이 넘실거리며 피어올랐다.

강기(强氣)였다.

"흐읍!"

맹우가 망치를 높이 들어올려 내리찍었다.

꽝—!

흑색의 강기를 머금은 맹우의 망치가 지면에 내리꽂히자 바닥이 울컥이며 터져나갔고, 일부는 치솟으며 지면 자체가 바뀌었다. 실로 엄청난 힘이었다.

"먼저 네놈의 두 다리를 으스러뜨려주마!"

맹우는 덩치에 걸맞지 않은 속도로 움직이며 태무선의 두 다리를 향해 망치를 휘둘렀다. 맹렬한 기세로 휘둘러진 망치는 태무선의 왼쪽 허벅지를 향해 내리꽂혔다. 그러나 쉬이 당해줄리 없는 태무선이 왼 다리를 올려 찼다. 태무선의 태산각(泰山脚)과 맹우의 망치가 맞부딪쳤다.

꽝—!

굉음성과 함께 태무선의 신형이 주르륵 밀려났다.

"후우!"

맹우는 지금껏 싸워왔던 자들과는 조금 달랐다.

굳이 말하자면 철혈 하후곤과 비슷한 싸움방식을 갖고 있었으니.

'한 방 한 방에 담긴 힘이 보통이 아니네.'

마치 과거 지강천의 주먹을 받아내는 기분이었다.

그 당시의 지강천은 주먹질 한 번 한 번에 거대한 바위도 으스러뜨릴 만큼 강한 힘을 싣곤 했는데 그 덕에 태무선은 죽지 않으려 혼신의 힘을 다해야 했다.

"더 사납게 덤벼 보거라!"

맹우의 망치가 태무선을 짓누르듯 내리찍어왔고, 태무선은 오연환격을 펼쳐 맹우의 망치를 두들겼다. 순식간에 뻗어나간 열 번의 권격이 맹우의 망치를 두들겼다.

오연환격에 맞은 맹우의 망치가 크게 휘청이자 태무선은 용린보를 펼치며 맹우에게 바짝 다가가 주먹을 어깨 높이로 들어올렸다.

한 번의 걸음과 한 번의 권격.

태무선의 파천일도격이 맹우의 복부에 내리꽂혔다.

쿠우우웅!

지면이 크게 흔들리며 맹우의 신형이 뒤로 쭉 밀려났다. 그 와중에 맹우는 자신의 망치를 바닥에 내리꽂으며 밀려나는 신형을 멈춰 세웠다.

"크흐윽……."

맹우는 자신의 복부를 매만지며 인상을 찡그렸다.

품속에 손을 넣은 맹우는 복부에서 커다랗고 두꺼운 철판을 꺼냈는데 단단하게 제련된 철판은 태무선의 주먹모양으로 휘어져 있었다.

"강철로 만든 복대다. 인정하긴 싫지만, 강하군. 광우가 네게 죽은 이유를 알 것 같구나."

맹우는 자신의 망치. 묵추(墨鎚)를 고쳐 쥐었다.

"예로부터 마교의 교주를 흑도의 왕이라 부르더구나. 그러니 내게 보여라."

맹우의 피부가 붉게 변해가기 시작했고, 그의 눈동자는 붉게 충혈되었다.

"네가 진짜 흑도의 왕임을."

오래된 계획

역사(力士).

타고난 장사이며 강골(强骨)이라.

태어나기를 강자로 태어난 맹우는 모두가 검을 들 때 그는 망치를 들었다.

검을 다루기엔 그는 너무도 크고 강했다.

망치를 든 맹우를 대적할 수 있는 자는 많지 않았다.

애초에 어떤 무기를 갖고 있든 맹우의 망치를 상대하는 것은 불가능이었기 때문이었다.

그렇기에 맹우를 맨손으로 상대할 수 있는 자는 거의 없었다.

이자를 제외하고는.

"흐읍!"

"흡!"

두 명의 심호흡소리와 함께 맹우의 묵추와 태무선의 권격이 맞부딪쳤다.

꽝—!

마치 폭탄이라도 터진 것 같은 폭음성과 함께 태무선과 맹우의 신형이 서로에게서 멀어지며 밀려났다.

두 남자는 서로를 노려보았고, 곧이어 두 남자는 발끝에 힘을 주며 몸을 날렸다.

"흑도의 주인은 오직!"

맹우의 망치가 수직선을 그리고 치솟았고, 그의 묵추의 주변으로 검은 강기가 불꽃처럼 타올랐다.

"오직 사악교만이 유일하다!"

광풍멸추(狂風滅鎚).

매서운 폭풍우와 함께 맹우의 망치가 태무선을 향해 날아들었고, 태무선은 다가오는 흑풍을 보며 이를 악물었다.

"후우우."

숨을 들이마시며 주먹에 힘을 모았다.

단전에서 뿜어져 나온 투령무일체의 기운이 온몸을 휘감으며 최종엔 태무선의 오른 주먹에 모여들었다.

"파천격."

맹우의 광풍멸추와 태무선의 파천격이 부딪쳤다.

광풍멸추의 흑풍이 강하게 몰아치며 태무선을 짓눌렀고, 그의 소맷자락이 찢겨지며 오른 팔뚝에서 피가 뛰어올랐다.

"역시… 강하군!"

깡—!

맹우의 묵추가 위로 튕겨나갔다.

간발의 차이로 맹우의 묵추를 튕겨낸 태무선의 몸이 검은 잔상을 남기기 시작했다.

용린보를 펼친 태무선의 신형이 밀려난 맹우에게로 바짝 다가섰다.

용연쇄격(龍嚥碎擊).

맹우의 가슴팍에 닿은 태무선의 주먹에서 어마어마한 흡기가 느껴졌다.

맹우는 자신을 끌어당기는 태무선의 기운에 저항하며 자신의 왼손으로 태무선의 손목을 움켜쥐었다.

"근접이라 하여 나를 이길 수 있을 거라 생각했느냐!"

용연쇄격의 기운이 맹우의 가슴을 찢어놓았으나 그를 꺾어놓진 못했다.

태무선의 권기에 대항하여 버텨낸 맹우는 망치를 짧게 잡아 태무선의 허벅지를 찍어 눌렀다.

"큭!"

태무선의 허벅지를 내리찍은 묵추 때문에 그의 한쪽 무릎이 살짝 꺾이자 맹우는 묵추의 손잡이 부분으로 태무선의 옆구리를 끼워 꺾었다.

"무너져라. 나의 발밑이… 네가 있을 자리다!"

태무선의 허리가 서서히 꺾여가자 맹우는 묵추를 쥔 손에 힘을 더 했다.

그러나 조금 꺾이던 태무선의 허리는 더 이상 꺾이지 않았다.

오히려 맹우의 가슴 쪽에 닿아 있던 태무선의 주먹에서 강력한 기운이 휘몰아치기 시작했다.

"이놈……!"

"사강목은 죽었나."

다소 느닷없는 태무선의 질문에 맹우의 얼굴이 험상궂게 일그러졌다.

"지금 그놈의 안부 따위를 물어볼 때라 생각하는 거냐!"

"사강목은 죽었나."

태무선이 굳어진 얼굴로 재차 물어오자 분노한 맹우가 묵추를 위로 내던진 후 자유롭게 된 자신의 오른손으로 태무선의 목을 움켜쥐었다.

"그래! 사강목 그 새끼는 뒤졌다! 그리고 곧 네놈도……."

태무선이 왼발이 맹우의 무릎을 걸어찼다.

맹우가 태무선의 발길질에 균형이 무너지자 태무선은 자신의 왼손으로 맹우의 손목을 움켜쥐었다.

꽈드드득—!!

태무선의 목을 움켜쥔 맹우의 손이 기형적으로 꺾이며 밀려나기 시작했다.

"너… 넌 날 이길 수 없다!"

기형적으로 꺾인 자신의 손을 힘겹게 뿌리친 맹우는 뒤로 물러섬과 동시에 허공에 날렸던 자신의 묵추를 양손으로 집어 태무선을 향해 내리찍었다.

폭렬퇴(爆裂頹).

맹우의 묵추에 맺힌 검고 폭발적인 기운이 태무선에게 쏟아져 내렸다.

태무선은 재앙처럼 혹은 검은 뇌전(雷電)처럼 내리꽂히는 맹우의 폭렬퇴를 응시하며 두 손을 끌어 모았다.

투신무(鬪神武) 파도멸쇄(波濤滅碎).

태무선의 주먹에 잿빛의 강기가 일렁거리며 맺혔다.

그의 주먹은 빠르게 날아가며 맹우의 묵추를 두들기기 시작했다.

쾅— 쾅— 쾅쾅—!!

"큭!"

폭렬퇴의 기운을 머금은 맹우의 묵추가 태무선의 권격에

밀려 튕겨나갔다.

눈 깜짝할 사이에 수번의 권격을 날린 태무선은 멈추지 않고 용린보를 펼치며 맹우에게 바짝 다가섰다.

그의 파도멸쇄는 아직 끝나지 않았다.

태무선의 주먹이 맹우의 허벅지를 내려찍은 후 무너지는 맹우의 턱을 올려친 후 마지막으로 맹우의 가슴과 복부를 후려쳤다.

퍽— 퍼억—!

두 번의 타격음과 함께 맹우의 신형이 날아가 바닥을 굴렀고, 맹우의 입에서는 선홍빛의 피가 흘러나왔다.

"쿨럭!"

오장육부가 뒤틀리고, 기혈은 불안정하게 흔들렸다.

연거푸 각혈을 토해낸 맹우는 흔들리는 시선으로 태무선을 응시했다.

"후욱 후욱!"

"널 죽이면 사악교의 교주도 가만히 있진 않겠지."

"크흐흐으… 네놈의 목적은 사악교의 교주였나."

"그 외에는 관심 없거든."

관심이 없다는 태무선의 말에 맹우는 허탈함을 느꼈다.

자신이 누구인가 사악교의 삼존 중 한 명인 광왕 맹우이지 않은가.

그런 자신에게 태무선은 아무런 관심도 던지지 않았다.

그가 자신을 상대하는 이유는 오로지 사악교의 교주 때문이었다.

"나는 고작 교주를 불러낼 미끼라는 게냐."

"그래."

태무선은 망설이지 않고 대답했으며, 그의 대답을 들은 맹우는 크게 광소하며 핏기 어린 미소를 지었다.

"크하하하."

광소를 터트리며 웃던 맹우는 입가에 고인 피를 내뱉으며 읊조렸다.

"이놈이나 저놈이나… 하나같이 나를… 무시하는구나."

짜증이 솟구치고 분노가 치밀어 올랐다.

사악교의 교주도.

마교의 교주도.

모두가 자신을 무시하고 있지 않은가.

"나는 광왕 맹우다… 나는 괴력난신(怪力亂神)이며 만인지적(萬人之敵)이라!"

노호성을 내지른 맹우의 피부가 이제는 검붉은 색으로 변했다.

그는 부리부리한 눈으로 태무선을 응시하며 망치를 양손으로 강하게 움켜쥐었다.

곧이어 그의 묵추에서 검은 강기가 거세게 분출되기 시

240

작했다.

정제되지 않은 기운.

맹우는 자신의 온 힘을 쏟아내기 시작한 것이다.

"교주놈은 너를 생포해오라고 지시했지만, 나는 그리하지 않을 것이다. 오늘 네놈을 오체분시한 후 나를 무시하던 놈들조차 짓밟아 죽일 테다!"

툭─!

"이쯤 하시지요."

"너… 넌… !"

어디선가 나타난 웃는 낯의 사내가 맹우의 몸에 단검을 박아 넣었다.

급소나 사혈에 꽂아 넣은 것은 아니었기에 치명상은 피할 수 있었으나, 단검에는 특수한 뭔가가 담겨 있었는지 검붉은 색으로 변해 있던 맹우의 피부가 원래의 색으로 돌아왔다.

이윽고 맹우가 두 무릎을 꿇으며 이를 갈았다.

"무슨 짓을 하는 거냐… 아랑단주!"

"교주님의 말씀을 기억하지 못하시는 건 아니시겠죠. 교주께서는 마교주를 생포해오라 하셨습니다. 물론, 계속 싸웠다면 당신께서 죽었겠지만요."

백은섭은 미간을 살짝 찡그리며 맹우의 머리를 쓰다듬었다.

"뭐, 삼존이 죽으면 광왕께서도 달가워하지 않으실 겁니다."

"아랑단주! 내 싸움을 방해 마라! 당장 이 개같은 단검을 뽑아!"

"싫습니다."

손을 흔들며 고개를 가로저은 백은섭은 태무선을 향해 손을 흔들었다.

"안녕! 또 만나네."

"그러게."

태무선은 손목을 빙글 돌리며 몸을 이완시켰다.

"광왕을 상대로 싸워본 소감은 어때? 무식하기는 해도 우리 사악교에서는 제일가는 역사(力士)거든."

"꽤 아프더라고."

"허세는 그만 부려. 내가 광왕을 데려온 건 저분이 한가해서가 아니니까."

소안귀검이라는 별호가 어색하지 않을 정도로 백은섭의 얼굴에는 귀신같은 미소가 번졌다.

"방어도… 회피도 하지 않는 아주 무식한 무공을 배운 너라면 광왕의 무식하기 그지없는 힘을 그대로 받아낼 거라 생각했거든. 그리고 내 생각은 틀리지 않았고."

백은섭이 암존을 포기하고 맹우를 데려온 이유는 바로 이것이었다.

만약, 태무선과 맹우가 싸우게 된다면 태무선은 광왕의 무식하기 그지없는 힘을 막지도 피하지도 않을 것이다.

그야말로 힘과 힘의 싸움.

물론, 맹우가 이긴다면 백은섭에겐 더 바랄 것도 없겠지만, 그는 맹우가 태무선을 이기지 못할 것이란 걸 잘 알고 있었다.

그는 무식하고 아둔했다. 타고난 역사였기에 머리 쓰는 법을 잊은 것처럼 굴었다.

하지만 그런 점이 오히려 지금은 득이 되었다.

"지금 서 있는 것조차 힘들지?"

백은섭이 양손에 단검을 쥐었다.

"오늘은 안타깝게도 여분의 단검을 많이 가져왔거든."

태무선은 대꾸하지 않았다. 대신, 내공에 남은 내공을 온몸에 순환시키며 몸을 돌봤다.

백은섭의 말대로 태무선의 몸상태는 썩 좋지 않았다.

맹우의 괴력을 정면으로 받아내느라 내공을 많이 쓴데다가 외적으로도 체력이 많이 빠진 상태.

이대로 백은섭과 싸우기 위해서는 힘을 아낄 수 없었다.

"아! 그리고 혼자 온 것도 아니야."

손짓 한번으로 태무선의 주변으로 사악교의 무인들이 모습을 드러냈다.

그 숫자가 눈으로 대충 헤아려 봐도 상당했다.

"자. 어떻게 할래? 그냥 순순히 잡혀갈래… 아니면 귀찮고 번거롭게 잡혀갈래?"

"둘 다 싫다면?"

"어쩔 수 없이 귀찮고 번거로운 짓들을 해야겠지."

"그래 그래야지."

"쳇."

백은섭이 가볍게 손짓하자 사악교의 무인들이 일제히 검을 뽑아들고 태무선을 향해 달려들었다.

그 숫자가 꽤 많았으나 태무선은 물러서지 않고 내공을 끌어올렸다.

이미 일대다수의 싸움은 지겹도록 해오지 않았는가.

"후."

짧은 심호흡을 마친 태무선을 향해 사악교의 무인들이 검기를 날려대며 달려들었다.

태무선은 빠르게 몸을 움직였고, 그의 신형은 쏘아진 화살처럼 빠르게 나아가 정면에서 달려드는 사악교의 무인을 향해 몸을 한 바퀴 회전시켰다.

태무선의 발끝에서 펼쳐진 천추각.

휘익—! 퍼억—!

천추각은 정확히 무인의 정수리를 내리찍으며 사악교의 무인을 땅바닥에 처박았다.

뒤이어 용린보를 펼친 태무선은 왼쪽에서 달려드는 사악

교의 무인들을 향해 손을 뻗었다.

천열용조의 기운이 날카롭게 뻗어가며 다섯 명의 무인을 찢어발겼다.

촤악—!

칼날이 날아들자 태무선은 자신을 향해 뻗어오는 칼날들을 주먹으로 쳐내고 발끝으로 내리찍었다.

그럴 때마다 강기가 담겨 있지 않은 칼날들은 태무선의 주먹과 발길질에 맞아 으깨지고 부서졌다.

시간이 갈수록 태무선은 느려지기는커녕 점점 더 빨라졌다.

"하여간 귀찮은 놈이라니까."

백은섭은 귀찮은 듯 머리를 긁적이며 품속에 손을 넣었고, 이를 멀찍이서 지켜보던 진사은이 눈을 빛냈다.

"흡!"

태무선의 주먹이 정면에서 찔러 들어오는 무인의 검을 깨부수며 무인의 목을 잡아 비틀었다.

우득—!

목이 부러진 무인의 시체는 힘없이 허물어졌다.

"후."

벌써 스무 번째.

순식간에 스무 명의 사악교 무인을 쓰러뜨린 태무선은

빠르게 눈동자를 굴려대며 사방에서 달려드는 사악교의 무인들을 상대했다.

그런데 그때, 태무선의 귓가로 낯선 종소리가 들려왔다.

딸랑—!

'종… 아니 방울소리.'

태무선은 그것이 종소리가 아니라 방울소리임을 깨달았다.

첫 번째 방울소리가 들려오고 태무선은 앞으로 나아가며 오연환격을 펼쳤다.

그의 주먹이 수십 갈래로 갈라지며 바짝 다가온 사악교 무인들의 가슴을 때렸다.

"큭!"

"으억!"

가슴을 얻어맞은 사악교 무인들이 짧은 단말마를 내지르며 쓰러졌고, 두 번째 방울소리가 들려왔다.

딸랑—!

방울소리는 크지 않지만, 태무선의 귓가에 정확히 꽂혔다.

뒤에서 달려드는 무인의 검을 손등으로 후려친 후 무인의 손목을 움켜쥔 태무선은 무인의 얼굴을 잡아 꺾으며 쓰러뜨렸다.

죽은 무인의 신형이 태무선의 등 뒤로 쓰러지는 순간 세 번째 방울소리가 들려왔고, 태무선은 눈앞에서 하얀 백색의 칼날을 발견했다.

'이건……'

칼날의 정체와 그 칼을 든 자에 대해 생각할 겨를도 없이 태무선의 앞으로 또 다른 검이 나타났다.

까아앙—!

두 개의 칼날이 만들어낸 불똥이 붉게 튀어 올랐다.

"괜찮나."

언제 나타났는지 진사은은 검을 빼어든 채 태무선의 앞에 섰고, 그녀와 태무선의 앞에 백색의 무복을 입은 한 여인이 나타났다.

잿빛에 가까운 백발을 한 여인은 생기를 잃은 눈동자로 태무선을 바라봤다.

"백귀."

태무선은 그녀가 백귀임을 알아차렸고, 진사은이 고개를 끄덕이며 말했다.

"백귀는 내가 맡을 테니 넌 저자를 상대하도록 하거라."

백귀의 등장에 맞춰 등장한 진사은이 그녀의 앞을 가로막았고, 태무선은 한 손에 방울을 들고 있는 백은섭을 향해 신형을 돌렸다.

그 둘의 모습을 지켜보던 백은섭은 방울을 도로 품속에 집어넣으며 인상을 썼다.

"가만히 있길래 나도 가만히 놔두었는데… 이렇게 방해를 하시나."

가만히 있기에 굳이 건들지 않았건만, 어떻게 알았는지 진사은은 은요의 움직임에 맞춰 태무선의 앞을 가로막았다.

덕분에 은요를 통한 태무선을 막으려던 백은섭의 의도는 보기 좋게 빗나갔다.

"결국 내가 나서야 하는 건가."

백은섭이 두 개의 단검을 빙빙 돌리며 태무선을 향해 걸었다.

백귀를 진사은에게 맡긴 태무선도 백은섭을 향해 신형을 돌렸다.

"후우우."

백은섭이 첫 번째 호흡을 내뱉었다.

* * *

까앙—!

깡!

두 개의 칼날이 서로를 향해 빠르게 뻗어졌다가 멀어지기를 반복했다.

백귀의 기다란 장도에는 그녀를 닮아 있는 잿빛의 검기

가 맴돌았고, 진사은의 검에는 분홍빛의 기운이 화사하게 피어올랐다.

둘은 아무런 대화도 하지 않았다.

그저 서로를 가만히 바라보다가 동시에 몸을 움직였고, 두 무인의 칼날이 서로의 목을 취하려 맹렬하게 뻗어졌다.

스윽—!

태무선은 어깨를 스쳐가는 백은섭의 칼날을 보며 인상을 찡그렸다.

"그때보다 움직임이 둔해졌는걸. 설마 벌써 지친 것은 아니지?"

"그때도 그렇고, 너희는 너무 말이 많아."

"재미있잖아. 아무 말도 하지 않고 싸우는 것은 너무 지루하단 말이지. 그러니까 여기서 끝낼래? 널 죽이고 싶은데 죽이지 말라는 교주님의 명령이 있어서 말이야."

"아쉽게도 그럴 생각은 없거든."

"하… 이러면 네 사지를 자르거나 힘줄을 끊어야 하는데. 으…! 벌써 번거롭네."

태무선의 사지를 어떻게 잘라내는 게 좋을까 고민하던 백은섭이 두 개의 단검을 어깨 높이로 치켜들었다.

"후우우."

일곱 번째 호흡.

백은섭의 신형이 매서운 속도로 다가오자 태무선은 온몸의 감각을 백은섭에게 집중했다.

　그러나 태무선은 자신의 온 감각을 백은섭에게만 집중할 수 없었다.

　"흡!"

　사방에서 검을 들이밀고 있는 사악교의 무인들 때문이었다.

　태무선은 왼편에서 찔러 들어오는 칼날을 주먹으로 후려쳐 부러뜨린 후 무인의 가슴을 발끝으로 걷어차며 정면으로 주먹을 휘둘렀다.

　깡—!

　쇳소리와 함께 백은섭의 칼날이 튕겨졌다. 그러나 백은섭의 손에 들린 단검의 개수는 총 두 개.

　하나를 쳐냈으나 나머지 단검이 태무선의 옆구리를 베었다.

　"역시 둔해졌어. 이거 싱겁겠는데."

　백은섭이 웃으며 뒤로 물러섰고, 그의 신형은 밀려드는 사악교의 무인들 사이로 사라졌다.

　"곤란하네."

　아랑단주인 백은섭을 상대하는 것만으로도 벅찬데 사악교의 무인들이 계속해서 공격을 해왔다.

　그들의 공격을 상대하면 백은섭이 나타났다.

마치 잘 짜인 검무처럼 사악교의 무인들과 백은섭은 번갈아가며 공격을 해왔고, 태무선은 그들의 공격에 맞서 싸우며 온몸에 크고 작은 상처들을 새겨야 했다.

"이쯤이면 마음이 좀 흔들리지 않아?"

백은섭이 아홉 번째 호흡을 내쉬며 묻자 태무선은 말없이 주먹에 기운을 담았다.

"쯧쯧… 기어코 피를 봐야겠어?"

"사강목은 살아 있나."

"꽤 끈질기네. 이미 말했잖아. 사강목은… 죽었다고."

"그럼 됐어."

태무선의 눈빛이 차분하게 가라앉았다.

뒤이어 강력한 기운을 내뿜으며 주변을 압도하던 태무선의 기운도 거두어지자 백은섭은 오히려 경계하며 눈매를 가늘게 좁혔다.

'이렇게 쉬이 포기할 리가 없다.'

태무선에겐 절망적인 상황임이 분명했지만 백은섭은 꺼림칙함을 떨칠 수가 없었다.

까앙—!

백귀의 장도를 쳐낸 진사은은 발끝에 힘을 주어 몸을 튕기듯 앞으로 날렸다.

화섭보를 펼친 진사은의 신형은 사뿐한 발걸음으로 대지

를 박차면서도 매우 빠른 속도로 백귀와 거리를 좁혔다.

둘의 거리는 순식간에 가까워졌고, 백귀는 무표정한 얼굴로 다가온 진사은의 목을 향해 장도를 휘둘렀다.

백귀의 검은 빠르고 정확하게 진사은의 목을 덮쳤고, 진사은은 신형을 회전시키며 검을 마주 휘둘렀다.

까가강!

백귀와 진사은의 검이 교차되고 두 개의 칼날이 마주하는 걸로 불똥이 튀어 올랐다.

'조금만 더.'

칼날을 맞댄 진사은이 화섭보를 재차 펼치며 백귀에게 바짝 다가섰다.

둘의 신형은 조금 더 가까워졌고, 백귀는 한손으로 장도를 쥔 채 다른 손으로 비도를 날렸다.

그녀의 손을 떠난 비도는 정확히 백귀의 미간을 노렸다.

"흡!"

진사은은 고개를 뒤로 젖혀 백귀의 비도를 피한 후 품속에 손을 밀어 넣으며 생각했다.

'이게 정말로 먹혀야 할 텐데.'

계획의 시작이자 끝.

진사은은 품속에서 검은색의 주머니를 꺼내 백귀를 향해 던졌다.

갑자기 날아든 검은 주머니를 피해 백귀는 민첩하게 고

개를 돌렸다.

　그러나 주머니의 끈을 손가락에 걸고 있던 진사은이 끈을 잡아당기자 주머니의 입구가 개방되며 하얀 가루가 봄철의 꽃가루마냥 휘날렸다.

　휘날리는 가루와 이를 바로 앞에서 맞게 된 백귀는 자신의 장도를 넓게 휘둘렀고, 날카로운 강기가 담긴 백귀의 장도를 피해 진사은이 뒤로 물러섰다.

　"이제… ."

　이제 남은 것은 그 말이 진실이기를 바라는 것뿐이었다.

귀신을 재우는 법

하얀 가루가 휘날리고 생기를 느낄 수 없던 백귀의 눈동자에 생기가 감돌았다.

그녀의 변화를 가장 먼저 알아차린 쪽은 다른 이도 아닌 백은섭이었다.

그는 차분하게 마음을 가라앉히고 기운을 거둔 태무선을 경계하면서도 백귀와 진사은의 싸움을 지켜봤다.

그때 놀라운 일이 벌어졌다.

백귀와 자웅을 겨루던 여인이 품속에서 검은 주머니를 꺼내 던지더니 그 주머니에서 백색의 가루가 꽃가루처럼 흩날린 것이다.

처음엔 그 가루의 정체를 알지 못했기에 백은섭은 망설였고, 그 망설임이 찰나의 틈을 만들었다.

"설마."

백은섭은 백귀의 눈빛이 변했음을 깨닫고는 품속에 손을 넣었다.

그 안에 들어 있는 것은 방울 달린 막대.

은랑일족이었던 은요를 살수로 길러내기 위해 사용한 일종의 최면도구였다.

백은섭이 품속에서 방울 달린 막대를 꺼내는 것과 태무선이 움직이는 것은 거의 동시에 이루어졌다.

"큭!"

막대를 흔들기도 전에 태무선이 공간을 접어 달리듯 다가와 백은섭을 향해 손을 뻗었다.

천열용조의 기운이 깃든 태무선의 손끝에는 칼날보다 예리한 기운이 송곳처럼 솟아나 있었다.

이를 피해 뒤로 몸을 날린 백은섭은 방울을 흔드는 대신 단검을 던져야 했다.

쉭—!

그러나 단검으로는 태무선을 저지할 수 없었고, 태무선은 땅을 구르며 백은섭을 향해 온 내공을 담은 권격을 날렸다.

태무선의 주먹을 떠난 파천일도격의 기운이 백은섭을 향

해 정면으로 날아들었다.

백은섭은 태무선의 모든 기운을 담고 날아온 파천일도격을 막기 위해 양손을 교차하듯 들어올렸다.

꽈아앙—!!

"크으윽!"

백은섭의 신형이 빠르게 날아갔고, 바닥을 구른 뒤 맹우가 무릎 꿇고 있는 곳까지 날아가서야 멈출 수 있었다.

"멍청한 놈."

맹우는 자신의 곁으로 날아와 바닥에 처박힌 백은섭을 비웃었다.

"하 미치겠네."

파천일도격을 막아내는 데에 성공한 백은섭은 비틀거리는 몸을 겨우 일으켜 세웠다.

그 권격에 담긴 기운이 얼마나 강했는지 백은섭의 양손이 덜덜 떨렸다.

"이정도 권격을 아무 대가 없이 쓰진 않았을 텐데."

백은섭은 과연 예리했다.

자신이 막아낸 파천일도격에 담긴 기운이 상당했음을 눈치챘으며, 태무선이 자신의 내공을 이번 권격에 전부 쏟아냈음을 깨달았다.

"나를 죽일 생각이었겠지만, 끄응! 이번엔 실패했군."

"그렇게 됐네."

"이젠 순순히 항복하라는 말은 못 할 것 같아. 나도 이젠 좀 화났거든."

화가 났다는 말은 거짓이 아니었는지 태무선을 노려보는 백은섭의 두 눈에서 짙은 살의가 흘러나왔다.

그러나 태무선은 아무래도 좋다는 듯 옅은 미소까지 보였다.

"그러든지."

왠지 여유로워 보이는 태무선의 태도에 백은섭의 시선은 저절로 백귀와 진사은에게로 향했다.

확실히 뭔가 이상했다.

지금이라면 진사은과 피 튀기는 사투를 벌이고 있어야 할 백귀가 가만히 서 있었다.

그것도 뭔가 혼란스러운 듯한 얼굴을 한 채.

"지랄 났네."

백은섭은 재빨리 자신의 방울을 들어올렸는데, 방울은 소리를 내지 못했다.

"진짜 지랄 났네."

방울이 태무선의 파천일도격에 의해 박살이 난 것이다.

'애초에 이 방울을 노린 건가? 그렇다면⋯!'

"내 말 들리나."

진사은의 물음에 백귀가 눈을 크게 두 번 깜박이더니 고개를 끄덕였다.

"다행이네."

첫 번째 계획은 성공했다.

진사은이 검은 주머니에 담아온 것은 각성초를 잘게 빻아 가루로 만든 것이었다.

각성초는 아주 적은 양을 흡입하는 것만으로도 사람을 각성(覺醒)상태로 만든다.

보통 환각이나 환술에 걸린 사람에게 사용하는 게 이 각성초였다.

"상황은 어느 정도 인지하고 있겠지."

진사은의 말에 주변을 둘러보던 백귀의 시선이 태무선에게로 향했고, 둘의 시선이 서로를 향했다.

두 남녀는 말을 하지 않았다.

그저 잠시 동안 서로를 바라볼 뿐이었다.

"애당초 은요를 노리고 있던 거냐."

이제 백은섭의 얼굴에서 웃음기를 찾아볼 수 없게 되었다. 그는 싸늘해진 눈빛으로 태무선을 노려보았다.

"말했잖아. 돌려받아야 하는 게 있다고."

"흐흐… 착각하지마라 태무선. 은요는 우리 비림의 살수다. 이제까지 그래왔고, 앞으로도 계속… 은요는 나의 검이다."

백은섭이 손을 뻗어 맹우의 등에 꽂아 넣은 단검을 뽑아 냈다.

단검이 뽑히자마자 자리에서 일어난 맹우는 맹렬한 분노가 담긴 눈빛으로 백은섭을 노려봤다.

"이 개자식…!"

"지금은 우리끼리 다툴 때가 아닙니다. 마교주는 저와 싸우는 동안 내공을 거의 다 썼으니, 이젠 맹우님이 이길 수 있을 테죠."

"네가 그따위 짓만 하지 않았어도 내 승리였다!"

"알았으니 당장 태무선을 죽이십시오."

"죽이라고?"

"예."

"교주의 명령이라 하지 않았던가."

"명령불복종에 대한 건 제가 책임질 테니 당장!"

백은섭의 눈빛이 차갑다 못해 온몸이 시릴 정도로 싸늘해졌다.

"태무선을 죽이십시오."

맹우는 자신에게 명령을 하는 듯한 백은섭의 태도가 몹시 마음에 들지 않았지만, 그보다 태무선을 죽이는 게 우선이었다.

그의 말대로 태무선에게선 방금 전까지의 압도적인 기운이 느껴지지 않았다.

마지막에 보여주었던 권격에 모든 힘을 쏟아낸 것이다.

"좋다. 이번 한 번만큼은 네 장단에 놀아주지!"

맹우는 묵추를 들고 태무선을 향해 성큼걸음으로 다가가기 시작했고, 맹우를 보낸 백은섭은 양손에 단검을 쥐고 진사은과 은요를 향해 걷기 시작했다.

"이제 보아하니 백화궁의 소궁주인 진사은이군."

"나를 아는가."

진사은이 검을 내리깔며 묻자 백은섭이 비릿하게 미소지었다.

"알다마다. 그 특유의 보법과 검법을 보면 알 수 있지. 그런데… 각성초에 대한 건 어떻게 안거지?"

"그걸 네게 왜 가르쳐줘야 하지?"

"죽기 싫으면 알려줘야 할 거야."

"우습군."

진사은의 기다란 머리카락이 바람의 흩날리듯 솟구쳤다.

그녀의 몸에서 뿜어져 나오는 기운이 사방을 압도했고, 진사은의 검에서는 분홍빛의 검기가 일렁이며 솟아나더니 이윽고, 검신의 모양을 갖추기 시작했다.

"소궁주가 강기의 경지라."

"나는 백화궁의 소궁주 진사은이다. 어디 사파의 살수가 나를 협박하는가.”

“백화궁이 감히 사악교에 대항하려는 건가.”

“아니.”

검강을 피워낸 진사은의 시선이 백은섭을 똑바로 응시했다.

“사악교가 감히 백화궁에 대항하려는 것이겠지.”

“소궁주의 오만함이 백화궁을 무너뜨리게 되었군.”

“무너지는 게 누구인지는 지켜보면 알게 되겠지.”

진사은은 물러서지 않았다. 오히려 기운을 더욱 강하게 끌어올리며 백은섭과 마주했다.

백화궁의 소궁주와 마주하게 된 백은섭은 시선을 돌려 은요를 바라봤다.

“이게 모두 네 짓이냐.”

백은섭의 질문에 은요는 긍정도 부정도 하지 않았다.

그 대신 은요의 시선은 백은섭이 아닌 태무선에게로 향해 있었다.

“경거망동 하지 마라 은요. 네 행동이 어떤 결과를 가져올지 잘 생각해야 할 거야.”

백은섭의 경고에 은요의 눈빛이 흔들렸다.

자신의 행동이 불러 올 결과.

그것이 은요를 망설이게 만들었다.

하지만 그 순간, 태무선이 은요를 향해 움직였다.

사악교의 무인들이 그의 앞으로 막아섰지만, 태무선은 단전에 남은 마지막 내공을 쥐어짜내 용린보를 펼쳤고, 그의 신형이 짧은 잔상을 남기며 사악교의 무인들을 향해 쏘아졌다.

꽝—!

폭음성과 함께 사악교의 무인들과 맞부딪친 태무선은 수없이 날아드는 칼날들을 두 주먹으로 쳐내고 부러뜨리고, 박살냈다.

그러나 태무선의 금강신의체가 기운을 잃고, 사악교의 무인들이 휘두르는 칼날은 태무선의 몸에 상처를 새기기 시작했다.

두 주먹에 자상이 새겨지고.

피가 튀어 올랐다.

그럼에도 태무선은 계속해서 싸웠다.

그가 자신의 앞에 선 마지막 사악교 무인의 목을 부러뜨렸을 때, 태무선의 몸에선 흐르는 피가 바닥을 적셨다.

"은섬."

자신을 부르는 태무선의 목소리에 은섬의 눈동자가 더욱 빠르게 흔들렸다.

'이대로는 안 된다!'

백은섭이 열세 번째 호흡을 내뱉으며 몸을 날리자 그의 신형은 엄청난 속도로 나아갔고, 그에 맞춰 태무선이 몸을 날렸다.

마지막 용린보였다.

태무선과 백은섭이 서로를 향해 몸을 날렸고, 백은섭은 자신의 단검을 태무선의 가슴에 겨누었다.

뢰신난격(雷身亂擊).

일점사(一點射).

백은섭의 검끝이 태무선의 가슴을 꿰뚫었다.

툭— 투두둑—!

단검의 끝에서 피가 뚝— 뚝— 떨어졌다.

손끝에서 느껴진 감각은 생생했고, 정확했다.

그럼에도 백은섭의 표정은 한껏 굳어 있었다.

"오랜만이다."

태무선은 은섭의 앞에 섰다.

애초에 그의 목적은 백은섭이 아니었다.

오로지 은섭의 앞에 서는 것만이 태무선의 유일한 목적이었고, 백은섭의 단검은 태무선의 윗 가슴을 스쳐지나갔다.

은섭은 자신의 앞에 서 있는 태무선을 향해 다가섰다.

그리고 말했다.

"주군… ."

오랜만에 듣는 은섬의 목소리에 태무선은 훌쩍 커버려 이제는 여인이 되어버린 은섬의 머리 위로 자신의 손을 얹었다.

"많이 컸네."

"죄송합니다."

　은섬의 눈에 눈물이 맺혔다.

　짧다면 짧다할 수 있는 기간이었고, 길다면 길다 할 수 있는 기간이었다.

　오 년 만에 자신의 주군과 재회하게 된 은섬은 떨리는 목소리로 그토록 말하고 싶었던 주군이라는 말을 할 수 있었다.

"너무 늦어버렸습니다."

　너무 늦었다며 미안해하는 은섬에게 태무선은 고개를 저었다.

"아니 내가 늦었지. 네게 오기까지 내가 너무 늦었다. 그러니 이제 돌아가자."

"알겠습니다."

　오랜만에 재회한 은섬과 태무선.

　그리고 그들을 지켜보던 맹우가 자신의 묵추를 끌어올리며 거친 목소리로 입을 열었다.

"지랄들을 하고 있군. 하얀 머리 계집아, 무슨 꿍꿍이인지는 모르겠지만, 보아하니 마교주의 곁에 붙은 모양이구나."

어느새 지척까지 다가온 맹우가 묵추를 들고 패도적인 기운을 발산하자 은섬이 태무선의 앞을 가로막으며 장도 대신 단검을 들었다.

"저자는 제가 상대하겠습니다."

"아니 그럴 필요 없어."

"하지만 주군은 아직 몸을 회복할 시간이 필요합니다."

"걱정 마. 내가 싸우는 건 아니니까."

이해할 수 없는 태무선의 말에 은섬이 의아한 표정을 지었다.

하지만 의아함도 잠시.

어디선가 낯익은 목소리가 들려왔다.

"이 개애애애자식들아!!"

우렁찬 고함성과 함께 한 남자가 모습을 드러냈다.

검은 무복과 함께 성난 표정을 짓고 있는 중년인은 자신의 도를 움켜쥔 채 백야방의 담을 넘어 나타났는데, 이는 은섬도 알고 있는 얼굴이었다.

"마중혁."

태무선의 곁으로 돌아온 은섬을 발견한 마중혁은 성큼걸음으로 그들에게 다가갔다.

"돌아왔냐."

마중혁은 활기찬 얼굴로 물어왔고, 은섬은 대답 대신 고개를 끄덕였다.

"교주님은 괜찮으십니까?"

"그럭저럭."

"허억!"

태무선의 곁으로 다가온 마중혁은 그가 몸 여기저기서 피를 흘리고 있음을 발견했다.

마교의 교주이자 자신의 주군인 태무선이 피칠갑을 하고 있자 마중혁의 두 눈에서 맹렬한 분노의 불길이 치솟았다.

그의 시선은 저절로 맹우를 향했는데 원래도 힘상궂은 마중혁의 얼굴은 마치 야차와 같이 변했다.

"네가 교주님을 건드린 개잡놈이냐?"

"마흉도 마중혁. 제 무덤을 스스로 들어왔구나. 좋다… 안 그래도 힘없는 마교주 놈을 죽이는 것으로는 성이 차지 않았는데. 내 친히 네놈의 몸뚱이를 짓이겨주마!"

"오냐! 나 역시 너희 사악교 놈들을 도륙내지 못한 게 천추의 한이었는데 이번에야말로 시체조차 남기지 않고 모조리 씹어 먹어 주마!"

마중혁의 도에서 강렬한 기운이 솟구쳤다.

그리고…….

저벅— 저벅—

예상치 못한 자의 등장은 이번이 마지막이 아니었다.

백야방의 부서진 정문을 통해 한 남자가 모습을 드러냈

는데, 그 중년인은 자신을 경계하며 막아선 중년인을 향해 무미건조한 목소리로 말했다.

"뒤지기 싫으면 비켜라."

"네놈은 누구냐!"

"난 경고했다."

꽝—!

굉음과 함께 사악교의 무인들이 튕겨나갔고, 바닥에 널브러진 사악교의 무인들은 더 이상 일어나지 못했다.

난데없는 굉음성에 모두의 시선이 백야방의 정문으로 향했다.

모두의 시선을 한 몸에 받게 된 중년인은 양손에 붕대를 감으며 뚜벅 뚜벅 걸어왔다.

"저건 또 뭐야."

맹우가 인상을 찡그리며 말하자 중년인의 눈썹이 꿈틀거렸다.

"내가 아무리 오랫동안 자리를 비웠다고 해도 그렇지… 뭐? 저건?"

중년인의 등장에 사악교의 무인들이 그의 앞을 가로막자 중년인은 짜증이 난다는 듯 인상을 찡그리며 주먹을 강하게 말아 쥐었다.

"좋은 말로 할 때… 꺼지라고 했지!"

중년인의 권격에 사악교의 무인들이 제대로 된 반격도

하지 못한 채 터져나갔다.

그러자 이를 지켜보던 백은섭의 얼굴이 한층 더 어두워졌다.

'저 권격은…….'

한 번의 권격으로 다섯의 사악교 무인들을 죽일 수 있는 자가 중원에 몇이나 되겠는가.

백은섭은 입술을 씹으며 중얼거렸다.

"철혈 하후곤."

하후곤의 등장에 백은섭이 뒤로 물러섰다.

은섭이 변절한데다가 마흉도 마중혁이 나타났다.

게다가 마중혁은 오 년간 특별한 깨달음이라도 얻었는지 범상치 않은 기운을 풍기고 있었다.

물론 이들뿐이라면 백은섭은 맹우와 함께 어떻게든 싸워볼 수 있었을 것이다.

저들 중 가장 위험인물인 태무선이 기력을 대부분 소진했기 때문이었다.

하지만 문제는 새롭게 나타난 중년인이었다.

'저자가 정말로 철혈이라면 이 싸움은 이길 수 없다.'

근 이십 년간 모습을 감췄어도 철혈 하후곤은 어디까지나 무림오강 중 한 명이었다.

고수의 숫자가 절대적으로 부족한 상황.

백은섭은 지체하지 않고 뒤쪽으로 몸을 날리며 맹우를

향해 외쳤다.

"물러서야 합니다."

"크윽… 젠장!"

철혈 하후곤의 등장에 맹우도 백은섭을 따라 몸을 날렸고, 그들을 따라 사악교의 무인들도 하나둘씩 모습을 감췄다.

"저놈들 뒤쫓지 않아도 괜찮으시겠습니까?"

마중혁이 아쉽다는 듯 멀어지는 백은섭과 맹우를 보며 입맛을 다시자 태무선이 고개를 끄덕였다.

"저 덩치는 모르겠지만, 아랑단주라는 녀석은 잡으려 해도 잡을 수가 없어."

피를 너무 많이 흘린 탓일까 태무선이 신형을 휘청거리자 은섭이 급히 태무선을 부축했다.

그런데 태무선을 부축한 이는 은섭만이 아니었다.

돌아가는 상황을 조용히 지켜보던 진사은이 어느새 태무선의 곁으로 다가와 그를 부축한 것이다.

"내가 몸을 보전해야 한다고 말했잖느냐."

진사은의 말에 태무선은 대꾸할 기력조차 남아 있지 않은 듯 두 여인에게 자신의 몸을 맡기며 기다란 한숨을 내쉬었다.

"일단 좀… 쉬자."

　　　　　＊　　＊　　＊

　"히익! 괜찮아요!?"

　백야방의 소식을 듣고 그곳으로 향했던 태무선이 피칠
갑을 한 채로 나타나자 유선과 현각이 화들짝 놀라며 그를
맞이했다.

　하지만 놀란 것은 그뿐만이 아니었는데.

　"히이익!! 배, 백귀!"

　잿빛에 가까운 백발머리와 백색의 무복을 입은 귀신같은
여인.

　백귀가 태무선과 함께 나타나자 유선과 현각은 저도 모
르게 검 자루에 손을 얹었다.

　그들의 검이 반쯤 뽑혀 나올 때쯤 은섬이 말했다.

　"뽑지 않는 게 좋을 거야."

　차가운 은섬의 목소리에 유선과 현각은 감히 검을 뽑을
수가 없었다.

　"저 성질머리는 여전하구만."

　뒤이어 건물로 들어온 마중혁은 은섬의 살기에 겁에 질
려 있는 유선과 현각의 어깨를 가볍게 두드려주며 사람 좋
은 미소를 지어주었다.

　"너희가 이해하거라. 저 녀석의 성격이 워낙 개차반이라

270

그런 거니. 알고 보면… 더 성질머리가 더러운 녀석이니 괜히 엮이지 말고."

왠지 경험에서 우러나온 듯한 마중혁의 조언에 유선과 현각은 자신도 모르게 고개를 끄덕였다.

한편, 침대로 이송된 태무선은 지혈을 하고 몸을 붕대를 감게 되었는데, 진사은이 태무선의 몸에 손을 올리려하자 은섬이 이를 막았다.

"제가 하겠습니다."

은섬이 붕대를 집어 들자 진사은이 은섬을 만류하며 말했다.

"이 자는 오늘 싸움 외에도 내상을 입은 적이 있다. 이를 돌보기 위해서는 내 손길이 필요하니 내가 붕대를 감는 게 맞다."

"살수로 인해 생긴 상처는 살수가 더 잘 압니다. 그러니 제가 하는 게 맞습니다."

붕대를 감는 일로 인해 두 여인은 왠지 모를 말다툼을 시작했다.

붕대를 감아야 하는 장본인인 태무선은 이해할 수 없는 그녀들의 싸움에 손을 들어 끼어들었다.

"아무나 괜찮으니 붕대 좀 감아줄래?"

"아무나 하면 안 됩니다."

"아무나 네 몸을 돌볼 수 있는 것은 아니다."

두 여인이 쉽게 양보를 하지 않으려하자 마중혁이 나섰다.

"자자 둘 다 나오시오. 여기 전문가가 있으니."

"네가 전문가라고?"

은섬이 불신 어린 시선을 보내오자 마중혁이 험상궂은 얼굴을 더욱 험상궂게 일그러뜨리며 은섬을 노려보았다.

"내가 아니다. 이 분이 돌보는 거니."

마중혁이 몸을 돌려 공간을 내어주자 그 사이로 한 노인이 천천히 모습을 드러냈다.

"끌끌… 오랜만이구나. 네가 이렇게 망신창이가 된 모습을 보는 것은."

"뇌노야……."

흑선(黑仙) 뇌우명이 뒷짐을 진 채로 태무선에게 다가섰다.

그에게서 풍기는 범상치 않은 기운 때문일까. 진사은은 말없이 뒤로 물러섰고, 뇌우명을 알고 있는 은섬은 그에게 붕대를 내밀었다.

"너도 오랜만이로구나. 잘 지냈느냐."

은섬을 알아본 뇌우명이 인사를 건네 오자 은섬은 어색한 표정으로 고개를 숙인 뒤 물러섰다.

"그럼 오랜만에 투신의 몸을 살펴봐야겠군."

　　　　　* 　 * 　 *

　은섬이 돌아온 지 사흘이 지났고, 몸을 어느 정도 회복한 태무선의 방으로 은섬과 마중혁 그리고 진사은과 하후곤이 모였다.

　"그러니까. 진사은이 나를 찾아온 게 네 계획이었다는 거지?"

　"그렇습니다."

　백화궁으로 향한 은섬은 사악교의 뜻을 전하기 위해 진사은을 만났고, 사악교의 뜻을 전한 은요를 향해 진사은은 복잡한 눈빛으로 말을 꺼냈다.

　"다른 방법이 없겠지."

　방법은 없었다.

　백화궁을 지키기 위해서라면 뭐든 할 준비가 되어 있는 진사은이 사악교와의 협력을 약속하려 할 때 침묵을 지키던 은섬이 얘기를 꺼냈다.

　"방법이 하나 있습니다."

　"방법이라니 그게 무슨 뜻이냐. 너는 내게 사악교의 협력을 얻으러 온 것일 텐데."

　"태무선."

　"태무선?"

"마교의 교주입니다. 저희 사악교와는 대척점에 있는 자라고 할 수 있습니다."

"그자는 왜?"

"그를 만나십시오. 지금 백화궁을 지킬 수 있는 방법은 사악교주를 없애는 것. 그것이 유일한 방법이며 이를 해낼 수 있는 것은 현 마교의 교주인 태무선이 유일합니다."

은섬의 이야기를 듣고 있던 진사은은 도무지 이해가 되질 않았다.

백화궁의 협력을 원하는 사악교의 뜻을 전하러 온 백귀가 어째서 사악교의 교주를 죽일 수 있는 유일한 존재를 알려주는 것일까.

진사은이 혼란스러운 듯 자신을 바라보자 은섬이 재차 입을 열었다.

"저와 소궁주님의 뜻은 같습니다."

"너도 사악교주의 죽음을 바라는 것이냐. 하지만 어떻게? 그리고 왜?"

"이유를 설명하자면 복잡해집니다."

은섬은 설명을 해주는 대신 탁자 위에 검은 주머니를 꺼내들었다.

"그것이 바로 각성초를 잘게 빻은 가루를 넣어둔 주머니였다. 백귀는 내게 자신이 이지를 잃고 움직이고 있다고 판단될 때 자신에게 뿌려달라고 했지."

진사은과 은섬의 얘길 동시에 전해들은 태무선과 마중혁은 꽤나 놀란 얼굴로 은섬을 바라봤다.

그녀가 제정신을 유지하고 과거를 기억하고 있었다는 것도 놀라운데 그녀가 준비한 안배가 더욱 놀라웠다.

마치 일이 이렇게 진행될 줄 예상이라도 한 걸까.

은섬은 자신을 깨울 수 있는 각성초를 미리 진사은에게 건네주어 자신이 제정신을 차릴 수 있게 준비해둔 것이다.

"이렇게 될 줄 알았던 거야?"

태무선의 물음에 은섬이 고개를 저었다.

"확신은 할 수 없었습니다. 다만, 소궁주께서 주군과 계속 함께 있다 보면 저와 만나게 될지도 모른다고 생각했고, 이에 대비해둔 것뿐입니다."

은섬은 여러 계획을 세워뒀고, 언제든 자신이 제정신을 차릴 준비를 했다.

"그래서 내게 방울을 깨라고 했던 건가?"

"그게 백귀를 조종하는 수단이라고 하더군."

백야방으로 올라가는 계단에서 진사은은 혹시나 방울 혹은 종이 보이면 무조건 부숴야 한다고 경고했다.

그때까지만 해도 태무선은 진사의 말뜻을 이해하지 못했지만, 이제 보니 이 모든 것이 은섬이 준비한 계획의 일부였다.

"그리고… 사강목은 아직 살아 있습니다."

은섬의 한마디에 마중혁과 태무선이 주먹을 강하게 말아 쥐었다.

"그게 정말이야?"

태무선이 은섬을 마주보자 은섬은 확신에 찬 얼굴로 답했다.

"살아 있습니다."

"다행이야… 다행이야 정말로…….."

마중혁은 고개를 숙인 채로 안도했다.

사실 사강목이 살아 있을 거라 믿는 자는 없었다.

그가 사악교에 납치된 지도 삼 년이 훌쩍 지났다.

죽어도 진작 죽었을 시간이었다.

그럼에도 사강목이 살아 있을 거라 믿은 이유는 그를 필요로 하기에 납치한 거라 믿었기 때문이다.

"하지만 안전한 것은 아닙니다. 사악교주가 사강목을 살려둔 이유는 그의 마기를 흡수하기 위함입니다."

"마기를 흡수한다고?"

그게 무슨 뚱딴지같은 얘기인가?

마기를 흡수한다니?

마중혁이 황당한 표정을 짓고 있을 때 태무선은 구황천이 했던 얘기가 떠올랐다.

"흡성대법."

"흡성대법이라고요!? 그, 그 무공은 일월신교의 무공이 아닙니까? 이미 오래전에 소실된 것으로 알고 있었는데."

태무선의 입에서 흡성대법의 이름이 흘러나오자 진사은 과 조용히 침묵을 지키던 하후곤의 이목이 태무선에게로 집중되었다.

"구황천의 얘기에 의하면 흡성대법은 소실되지 않고 남 아 구황경에게 넘어갔어."

"구황경… 응? 사악교주의 이름이 구황경입니까?"

마중혁이 놀란 듯 묻자 태무선이 고개를 끄덕였고, 마중 혁은 신기하다는 듯 홀로 중얼거렸다.

"허어… 맹주와 사악교주의 이름이 매우 닮아 있군요. 둘 다 구황이라는 이름을 갖고 있다니. 참 얄궂은 우연이 아닙니까?"

마중혁은 실소를 머금고 얘기를 꺼냈다.

그 딴에는 재미있지 않냐고 꺼낸 얘기였는데 그를 제외 한 은섬과 진사은, 하후곤의 표정은 매우 어두웠다.

"무, 뭐야. 다들 표정이 왜 그래. 마치 무림맹주와 사악 교주가 형제라도 된 것처럼……."

"맞아."

"그렇죠!? 다들 표정이 맹주와 교주가 형제라고 생각하 는 것처럼……."

"둘은 형제야."

"예!?"

놀란 마중혁이 의자까지 넘어뜨리며 제자리를 박차고 일어섰다.

어찌나 놀랐는지 마중혁의 눈은 손을 대면 뽑힐 것처럼 커졌다.

"사악교주인 구황경과 무림맹주인 구황천은 형제야. 구황경이 무림맹에서 없애려 했던 흡성대법을 이용해 흡성대법을 익혔고, 사악교를 세웠어."

"말도 안 돼… 그럼 지금 중원에서는 형제끼리 싸우고 있는 겁니까?"

"그런 셈이지."

"이런……!"

마중혁은 당장에라도 쌍욕을 내뱉고 싶은 마음이 굴뚝같았다.

형제간의 싸움으로 얼마나 많은 사람들이 죽고 다쳤는가?

물론, 마교의 장로인 마중혁의 입장에서는 무림맹이나 사악교나 둘 다 망해도 상관없지만, 형제끼리의 싸움이 중원의 패권을 다투는 싸움이 되었다니 황당하기 그지없었다.

잔뜩 흥분한 마중혁을 뒤로한 채 태무선이 은섬을 향해 물었다.

"그래서 사강목에게 남은 시간은 얼마나 되는 거야?"

"저도 그것까지는 알지 못합니다. 다만, 최근에 교주가 마기를 흡수하는 데에 성공했다는 소식을 엿들었습니다. 상대는 흑풍방주와 마홍문주. 비록 중소문파의 방주와 문주지만, 아주 무시할 수 있는 무인들은 아닙니다."

"그렇다면 사악교주의 목표는 사강목의 마기를 흡수하는 건가?"

"그렇습니다."

시간이 없다.

이번 싸움으로 사악교는 백귀이자 아랑단의 부단주인 은섬을 잃었다.

그리하여 사강목의 생존사실을 알게 되었으니, 사악교에서도 가만히 있을 리가 없었다.

사강목을 죽이든지 그의 마기를 흡기할 것이다.

어느 쪽이든 사강목은 살아남을 수 없다.

"만약 사강목의 위치를 옮거나 숨기지 않는다면. 그를 구해낼 수 있을 겁니다."

그때 은섬이 사강목을 구할 수 있다고 말하자 마중혁이 도로 의자에 앉아 은섬에게 바짝 달라붙었다.

"그게 뭔데!"

"사강목이 갇혀 있는 감옥의 위치와 들어갈 수 있는 방법을 알 고 있습니다. 제가 그 정보들을 아는 것은 교주와 아랑단주도 모릅니다."

"그럼 어떻게 알아낸 거야. 아니, 애초에 네 의지가 남아 있었던 거야?"

"내 의지는 애초부터 있었어."

"뭐야? 그럼 날 찌른 건……."

"그때 내가 널 찌르지 않았다면, 넌 내게 죽거나 백은섭에게 죽었어. 그러니 내가 널 찌른 거야."

"그건 그건데… 왜 그동안 사악교에 있었던 거야?"

"주군이 돌아가신 줄 알았으니까."

마중혁을 살리기 위해 그를 찌르고 백은섭과 함께 돌아간 은섭이 가장 먼저 듣게 된 소식은 태무선의 죽음이었다.

그동안 그의 죽음에 대해 열심히 조사해봤지만, 돌아오는 거라곤 무림맹이 태무선을 죽였다는 소식과 이에 분노한 사강목이 마교의 무인들을 이끌고 무림맹을 공격했다는 소식들이었다.

이에 은섭은 사악교의 내부에서 은요로 활동했다.

냉철한 살인귀가 되었고.

그 길의 끝엔 백귀라는 존재가 기다리고 있었다.

그럼에도 은섭은 사악교에서 정보를 모으며 때를 기다렸다.

"현실적으로 제가 사악교주를 죽이는 것은 불가능이었

습니다. 시도라도 해보고 싶었지만, 그의 힘은 이미 제가 어찌할 수 있는 수준을 아득히 넘어서셨습니다."

"사악교주가 그 정도란 말이야?"

마중혁은 쉽사리 믿을 수 없다는 표정을 지었다.

그도 그럴 것이 은섬은 최강의 살수 중 한 명이었고, 암살실력과 더불어 검을 다루는 실력도 대단히 뛰어났다.

그런 은섬이 어떻게 할 수 없는 수준이라니.

상황이 절망적이었다.

"어쨌든 사악교 내부에 존재하는 지하감옥을 통해 사강목에게 갈 수 있다는 거지?"

"그렇습니다."

"그럼 해야 할 일은 정해졌네."

은섬과 태무선의 대화를 들으며 잠시 뜸을 들이던 마중혁이 조심스럽게 말을 건넸다.

"교주님 정말로 사악교로 가실 생각이십니까?"

"그래야지. 그곳에 사강목이 있다고 하니."

"하지만 사악교는 말 그대로 범의 아귀나 다름없습니다. 만약 자신을 구하려다가 교주님의 신변에 변고라도 생긴다면… 장로님은 그걸 더 힘들어하실 겁니다."

마중혁은 말을 하면서도 괴로운 표정을 지었다.

사실 이중에서 사강목과 가장 오랫동안 연을 맺어온 것은 다른 누구도 아닌 마중혁이었다.

그런 그가 사강목을 구하러 가는 일을 만류하는 것은 오로지 교주인 태무선의 안전 때문이었다.

그의 괴로운 표정을 본 태무선은 담담한 목소리로 말을 꺼냈다.

"나는 두 사람을 되찾기 위해서 사악교와 싸우기로 했어."

고개를 반쯤 숙이고 있던 마중혁이 시선을 올려 태무선을 바라봤다.

"그 중 한 명을 되찾았으니, 이젠 다른 한 명을 되찾아야지."

"매우 위험한 일입니다. 장로님을 되찾는다는 보장도 없을 뿐더러 괜히 교주님이 다칠까 걱정됩니다."

"깊게 생각 마. 우린 사강목을 구할 것이고. 만약 우리가 너무 늦어 그가 죽게 된다면……."

만약 내가 너무 늦어 사강목을 구하지 못하게 된다면.

내가 할 수 있는 일은 단 하나뿐이었다.

"그의 핏값을 받아내야지."

그날 밤. 늦은 새벽.

잠에서 깬 태무선은 자신의 옆에 잠들어 있는 은섬을 발견했다.

"흠."

예전에야 은섬이 아직 덜 자란 소녀였기에 옆에서 잠을 자든 말든 신경을 쓰지 않았는데 지금은 매우 신경이 쓰였다.

일단, 오 년이란 세월은 은섬을 소녀에서 여인으로 만들어주기에 충분한 시간이었다.

앳된 티를 모두 벗겨낸 은섬은 이제 소녀가 아닌 여인이라 불릴 만한 나이와 모습을 갖추게 된 것이다.

게다가 침대는 일인용으로 만들어져 건장한 성인 남자인 태무선이 혼자 쓰기에도 조금은 작은 침대였다.

그런데, 다 큰 여인인 은섬이 옆에서 붙어서 자자 공간이 너무 부족했다.

"이걸 어쩐다."

곤히 잠들어 있는 은섬을 깨워서 나가라고 할 수도 없는 상황.

태무선은 고민에 고민을 거듭하다가 어쩔 수 없이 예비용으로 마련된 침구들을 꺼내어 바닥에 깔았다.

애초에 잠자리를 그리 중요하게 여기는 성격은 아니었기에 태무선은 바닥에 깐 이불 위에 몸을 맡기며 눈을 감았다.

그런데 얼마 안 가 침대에서 잠을 자고 있던 은섬이 침대 아래로 내려와 태무선의 옆에 누웠다.

"끄응."

과거였다면 별로 신경 쓰지 않았을 문제.

이대로는 안 되겠다고 생각한 태무선이 신형을 돌려 은 섬을 마주했다.

잿빛에 가까운 백색의 머리카락이 은섬의 얼굴을 반쯤 덮고 있었는데, 창가로 언뜻 비추는 달빛이 은섬의 머리카락을 더욱 반짝이게 만들었다.

"하루……."

그때 은섬의 목소리가 속삭이듯 들려왔다.

"하루만… 옆에 있게 해주십시오."

하루만 옆에 있게 해달라는 은섬의 말.

태무선은 도로 신형을 돌려 누웠고, 은섬과 태무선은 그렇게 조용한 밤을 보냈다.

* * *

"이번에도 실패했나."

옥좌에 앉아 백은섭과 맹우를 맞이한 구황경의 시선엔 아무 감정도 느껴볼 수 없었다.

그의 목소리에선 애정도 분노도 느낄 수 없었으며, 그의 두 눈에서는 검은 빛 그 외에는 찾아볼 수 없었다.

"은요가 변절했습니다. 그게 아니었다면… 지금쯤 마교주를 교주님께 바쳤을 겁니다."

맹우가 이를 바득거리며 답했고, 백은섭은 아무런 말도 하지 않은 채 침묵했다.

"변절이라. 나는 예전부터 은요라는 자를 신뢰하지 않았다. 한 번 조직을 배신한 자는 또다시 조직을 배신하지. 그럼에도 은요를 사악교에 두고 쓴 이유는 너를 믿었기 때문이다. 아랑단주."

"죄송합니다."

"너는 은요를 통제할 수 있고, 다스릴 수 있다고 말했다. 그런데 왜 실패했지?"

"모두 제 불찰입니다."

"나는 이유를 물었다. 누구의 책임인지 물은 게 아냐."

"은요는 애초에 제 통제 하에 있지 않았습니다. 단지 제게 통제받고 있음을 연기하고 있었을 뿐입니다. 그는 각성초를 통해 암시에서 벗어났고, 기다렸다는 듯 마교주와 함께 사라졌습니다."

백은섭은 냉정하리만큼 정확하고 솔직하게 모든 일과 상황을 보고했다.

그의 얘기를 가만히 듣고 있던 사악교주를 향해 맹우가 기다렸다는 듯 입을 열었다.

"이 아랑단주는 제 몸에 독이 든 단검을 박아 넣고 제 거동을 제한했습니다. 만약 그 일이 아니었다면… 애초에 은요인지 뭔지 하는 년을 믿지 않았다면. 제가 마교주를 데려왔을 겁니다."

"내가 전해 듣기로는 넌 마교주에게 패배했다던데."

맹우의 얼굴에 그림자가 드리워졌다.

"전 패배하지 않았습니다."

"제자였던 광우에 이어서 스승인 맹우라는 자마저 같은 이에게 패배하였구나."

"전 패배하지 않았습니다!"

맹우가 맹렬하게 소리치며 자리를 박차고 일어섰다.

그의 분노가 담긴 눈빛이 구황경을 쏘아보았고, 구황경은 분노가 담긴 맹우의 시선을 한 몸에 받으며 옥좌에서 몸을 일으켰다.

"인간은 쓸모가 있어야 한다. 무인이라면 쓸 만한 무공을 갖춰야 하지. 그렇지 않으면 아무런 쓸모도 없어."

구황경은 느긋한 걸음으로 계단을 내려왔다.

"사냥을 하지 못하는 사냥개가 무슨 소용이 있겠느냐."

"마지막 기회를 주십시오. 이번엔 반드시 마교주의 목을……."

퍼억—!

사악교의 삼존 중 한 명이자 광왕(狂王)이라 불리던 맹우는 머리가 으깨진 채 바닥에 널브러졌다. 삼존이라 불리던 자의 최후치고는 상당히 초라한 죽음이 아닐 수 없었다. 맹우의 머리를 날려버린 구황경은 뒷짐을 진 채로 백은섭을 향해 다가갔다. 바로 옆에서 같은 일을 도모했다가 실패한 맹우가 머리가 으깨진 채로 죽었음에도 백은섭의 눈동자는 미동조차 하지 않았다.

"암살을 하지 못하는 암살자라… 내가 널 왜 곁에 두어야 하지?"

"마교주에게 은섬이 있기 때문입니다."

"그 계집이 은랑일족이라는 것은 나도 알고 있다. 하지만 그건 내가 두려워해야 하는 이유가 아니야."

"제가 은섬을 곁에 두었던 이유는 그 아이의 잠재력을 잘 알고 있었기 때문입니다. 그 아이는 목적을 위해서라면 자신의 목숨도 기꺼이 내놓을 수 있는 냉철한 아이입니다."

"간결하게 말하거라."

"은섬은 교주님이 지닌 위협들 중 가장 크게 자랄 가능성이 있습니다."

자신의 품속에서 단검을 꺼내든 백은섭은 이를 바닥에 내려놓으며 말했다.

"예부터 살수의 검은 살수의 검으로 막아야 한다고 하였습니다. 지금 이 자리에서 교주님이 절 죽이신다면. 비림은 더 이상 교주님의 검으로 남아 있지 않을 겁니다."

말을 마친 백은섭이 재차 고개를 숙이자 그를 가만히 내려다보던 구황경은 천천히 신형을 돌려 여유로운 발걸음으로 옥좌로 돌아갔다.

"손님 맞을 준비를 하여라."

구황경의 시선이 먼 곳을 향했는데, 그의 시선이 닿은 곳은 사악교에 단 하나밖에 존재하지 않는 높다랗고 커다란 교단의 정문이었다.

"곧 손님이 올 것이니."

〈다음 권에 계속〉